KB120433

순수의 계절

# 순수의 계절

초판 1쇄 인쇄일 2016년 10월 01일
초판 1쇄 발행일 2016년 10월 07일

지은이 장재화
펴낸이 양옥매
디자인 이수지
교　정 조준경

펴낸곳 도서출판 책과나무
출판등록 제2012-000376
주소 서울특별시 마포구 방울내로 79 이노빌딩 302호
대표전화 02.372.1537　팩스 02.372.1538
이메일 booknamu2007@naver.com
홈페이지 www.booknamu.com
ISBN 979-11-5776-264-4(03810)

이 도서의 국립중앙도서관 출판시도서목록(CIP)은 서지정보유통지원 시스템
홈페이지(http://seoji.nl.go.kr)와 국가자료공동목록시스템
(http://www.nl.go.kr/kolisnet)에서 이용하실 수 있습니다.
(CIP제어번호 : CIP2016023384)

# 순수의 계절

장재화 지음

손녀 지원,

손자 원찬이와 원진이에게 주는

할아버지의 작은 선물

## 책머리에

초등학교 3학년이 된 손녀 지원이가 엄마에게 물었습니다.

"다른 엄마들은 육아 일기를 쓴다던데 엄마는 언제? 내 친구 엄마는 벌써 두 권째 쓰고 있다는데."

난감해진 엄마는 이렇게 얼버무립니다.

"네가 너무 예민해서 잠도 안 자고 애먹였잖아. 또 숙제하는 것이며 준비물도 일일이 엄마가 챙겨 주어야 하니까 너무 바빠. 그래서 못 쓰고 있어."

그 소리를 들은 손녀가 냉큼 받아서 하는 말.

"엄마는 날 사랑하지 않나 봐."

"사랑 안 해서 그런 게 아니야. 엄마 대신 할아버지가 쓰실 거야."

"육아 일기를 왜 할아버지가 쓰신데?"

"할아버지께서 준비하고 계시니까."

참 궁색한 변명입니다. 어디 손녀만 그럴까요? 작은며느리 몸에서 태어난 두 손자도 머지않아 "엄마는 날 사랑하지 않나 봐." 하면서 따질지 모릅니다. 하여, 두 며느리가 해야 할 일을 할아버지가 대신하기로 했습니다.

시작은 메모였습니다. 아이들이 귀여운 짓, 신기한 짓, 엉뚱한 행동과 말을 할 때마다 일일이 기록해 두었으니까요. 그 기간이 무려 10년.

이제 그 메모지의 내용에다 할아버지의 꿈과 희망을 꼬까옷처럼 입힌 뒤, 한 권의 책으로 엮어 냅니다. 내 손자들이 잊어버리고 있던 유년의 기억을 되살려서 유산처럼 물려주고 싶은 욕심 때문입니다.

그렇다고 해서 이 책이 손녀와 손자만을 위한 것은 아닙니다. 아들과 며느리에게 주는 선물일 수도 있으니까요. 그래서 가슴 뭉클해지는 추억을 아이들과 공유할 수 있다면 참 좋겠습니다.

3살 이전의 일을 기억하는 사람은 거의 없다고 합니다. 어린 나이에는 언어인지능력이 부족한 데다 기억을 담당하는 뇌의 해마마저 충분히 발달하지 못한 까닭이랍니다.


나의 경우, 초등학교 1학년 때의 기억이라면 담임 선생님이 여선생님이었다는 것 외에는 별로 없습니다. 그나마 단편적인 기억이라도 남아 있는 것은 초등학교 4학년 이후의 일이지요. 따라서 이 수필의 내용도 우리 집 꼬맹이들이 태어난 날부터 4학년 이전까지의 일화를 주로 다루었습니다.

나는 내 손녀 손자가 인생이란 무엇일까 궁금해질 때쯤 이 글을 읽었으면 합니다. 그래서 이 책을 보다 나은 미래로 가는 지침서의 하나로 삼았으면 좋겠습니다. 미래란, 과거라는 거울에 비친 자기 모습이니까요.

2016년 10월

山井 장재화

# c o n t e n t s

[2]

순
수
의

계
절

# [3]

학
교
가
는
날

[4]

짝
사
랑

# 1

## 요람 안에서

나는 손녀와 손자의 손을 가만히 잡아 본다. 고사리 새순 같은 손가락이 내 손바닥 안에서 꼼지락거린 다. 그것은 감동이었고 축복이었다. 헤아릴 수 없이 많은 사람들 중에서 이 아이들은 어떤 인연으로 나의 손녀 손자로 태어났고, 나는 이 애들의 할아버지가 되었을까?

# 장미의 이름

자녀 사랑에 대한 부모의 고민은 이름 짓는 일에서부터 시작된다. 집안에 작명에 관심이 있거나 한문을 배운 세대의 어른이 계시면 그나마 다행이지만 그렇지 못한 경우, 아예 순수한 우리말로 짓거나 작명가를 찾는다. 이름값이 만만찮지만 자식의 행복을 위해서는 그까짓 복채쯤은 전혀 아까울 게 없단다.

손녀와 손자의 출산 예정일이 가까워 오면 두 아들은 번갈아 찾아와서 아기 이름을 지어 달라고 부탁했다. 좋게 생각하면 할아버지의 권위를 세워 주는 일이지만 달리 생각하면 짐을 떠맡기는 거다. 무거운 짐을 지게 된 나는 작명책과 옥편, 족보를 앞에 두고 고민에 고민을 거듭하지만 결과는 신통찮다. 좋은 이름 얻기란 그처럼 어려운 모양이다.

먼저 항렬을 고려하여 듣기 좋고 부르기 쉬운 이름을 나열한 후,

족보를 들추어 가까운 친척 중에서 같은 이름이 나오면 심사 대상에서 제외한다. 그리고 선택된 한글 이름에 뜻이 좋은 한자를 찾아 대입시키고 이름으로는 좋지 않다는 글자도 걸러 낸다.

이 정도라면 참을 만하지만 그다음이 문제다. 천(天), 형(亨), 이(利), 정격(貞格)으로 나눈 뒤, 획수로 진단하는 초년부터 말년까지의 운세도 살펴야 하고, 음양이 조화를 이루도록 성과 이름을 배치해야 한다. 그뿐 아니라, '금(金)은 수(水)를 생(生)하고 수(水)는 화(火)를 극(剋)한다' 등의 오행(五行)에다 생년 생시에 따른 사주까지도 참고해야 하니 까다롭기가 고차원의 방정식 같다.

이것이 좋으면 저것이 나쁘고, 또 저것이 무난하면 이것이 걸린다. 게다가 "누가 함부로 이름을 짓는가." 호통치면서, 이름 잘못 지으면 패가망신에다가 비명횡사한다고 위협하는 직업적인 작명가를 의식하면 여간 곤혹스러운 게 아니다.

이름에 대한 평소의 내 지론은 '부르기 쉽고 뜻이 좋으면 다 좋은 이름'이었지만 막상 내 손녀 손자의 이름이고 보니 생각이 달라진다. 욕심이 생긴다. 아마 그게 할아버지의 마음인 모양이다. 그렇게 며칠을 끙끙거리며 지은 이름 중에서 두어 개를 골라 아들에게 주면서
"마음에 드는 이름이 없으면 너희가 직접 지어라. 하지만 어떤 이름을 지어 주느냐보다는 어떻게 키우느냐가 더 중요하다."는 상식적인 충고를 하며 나에게 맡겨진 짐을 내려놓는다.

나는 내 손자와 손녀가 건강할 뿐 아니라 착하고 슬기롭게 자라기

를 바란다. 또한 그 꿈이 이루어지리라 믿는다. 그러나 믿음의 이유가 이름 때문만은 아니다.

셰익스피어도 「로미오와 줄리엣」에서, 줄리엣더러 로미오의 귀에 이렇게 속삭이게 했잖은가.

"장미를 다른 이름으로 불러도 향기는 변함없답니다."

# 인연

　큰며느리의 몸에서 태어난 손녀는 3.6kg의 우량아였다. 손녀와 할아버지는 분만실 앞에서 첫인사를 나눈다. 손녀는 사바세계 그 어느 것도 궁금하지 않다는 듯이, 또는 보고 싶지도 않다는 듯이 빨간 얼굴에 두 눈은 꼭 감고 있었다.

　손녀와는 달리 작은며느리가 출산한 2.98kg의 큰손자와 3.14kg의 작은손자는 또랑또랑한 눈망울로 할아버지를 빤히 바라보고 있었다. 하지만 본다고 해서 보일 리가 없으니 손녀 손자와의 첫 만남은 할아버지 혼자만의 기쁨이었다.

　태어난 날과 부모는 다르지만 세 아이에게 공통점이 있다면 제 아버지의 얼굴을 판박이처럼 닮았다는 점이다. 손녀와 손자를 바라보고 있는 나에게 두 병원의 간호사가 녹음이나 한 듯이 똑같이 말했으니까.

　"너무 닮아서 이산가족 걱정은 안 해도 되겠어요. 아빠 얼굴 그대로네요. 할아버지도 닮고요."

출산 뒤, 두 며느리가 느끼는 감상은 서로 달랐을 것이다. 큰며느리의 경우, '한 집안의 장남에게 대를 이을 아들을 낳아 주지 못해 미안하다'는 마음이 전혀 없진 않았겠지만, 이제 문을 열었으니 아들이야 다음에 낳으면 된다는 식의 안도감으로 살림 밑천인 맏딸이 더욱 사랑스러웠을 것이다.

둘째의 경우는 또 다르다. 아들이 없는 당숙에게 양자로 입적하여 느닷없이 6대 종손이 된 남편에게 아들을 낳아 주었으니 출산의 고통도 쉽게 잊을 수 있었을 것 같다.

나는 손자의 손을 가만히 잡아 본다. 고사리 새순 같은 손가락이 내 손바닥 안에서 꼼지락거린다. 그것은 감동이었고 축복이었다. 손녀의 손을 처음 잡았을 때의 떨리던 감동이 되살아난다. 헤아릴 수 없이 많은 사람들 중에서 이 아이들은 어떤 인연으로 나의 손녀 손자로 태어났고, 나는 이 애들의 할아버지가 되었을까?

불교에서는 인연(因緣)을, 이것이 있음으로 저것이 있고 저것이 있음으로 이것이 있는 '연기의 법칙'으로 설명하지만 문외한인 나에게는 난해한 해석이다. 그러나 쉽게 풀이하자면, 과거와 현재 그리고 미래까지 이어지는 윤회의 법칙과 운명의 실에 이끌려 인연이 맺어진다는 설명 아닐까. 나와 아이들의 인연 역시 그렇게 해서 맺어졌을 것이다.

그 애들이 태어난 지 제법 많은 날들이 흘렀다. 손자가 할아버지의 얼굴을 기억하고는 아는 척 방글방글 웃는다. 나는 그 웃음을 보며 때때로 상념에 잠긴다. 까닭 없이 태어난 생명은 없다고 한다. 그렇다면 이 아이들은 어떤 운명의 별에 이끌려, 어떤 배역을 맡아 이 세상에 태어났을까.

맏아들의 장녀로 태어난 손녀 지원이의 짐도 가볍지는 않지만, 7대 종손으로 태어난 손자 원찬이에게 지워진 짐의 무게는 도무지 계량할 방법이 없을 것 같다. 그러나 그 짐을 지는 것은 먼 훗날의 일, 아무것도 모르고 천사처럼 웃고 있는 두 아이는 연인처럼 사랑스럽다. 아니 '처럼'이라는 보조사는 빼자. 손녀와 손자는 나의 작은 연인이니까.

고사리손 그대로인 손자와, 두 돌이 지나 제법 '왈가닥 루시' 흉내를 내며 천방지축으로 뛰어다니는 손녀도 아직은 새싹같이 연약하다. 그래서 바람 앞에서는 곧장 쓰러질 것 같고, 보슬비만 내려도 뼛속까지 젖을 것 같다.

아프리카의 밀림 속에서 피는 '유추프라카치아'란 꽃이 있다. 햇빛조차 보기 힘든 우거진 숲 속에서, 나뭇잎 사이로 숨어들어 온 조각 햇살과 아침 이슬을 먹고 자란다는 꽃이다. 너무나 연약하여 무심코 스치는 사람의 손길에도 시름시름 앓다가 죽어 간단다. 그러나 한번 닿았던 손길이 다음 날도 잊지 않고 찾아와서 따뜻한 마음으로 쓰다듬어 주면 생기를 되찾는다는 신비한 꽃이다. 그래서인지 꽃말도 '사랑을 주세요.'다.

손녀와 손자, 그 애들은 나의 '유추프라카치아'꽃이다. 행여 그 꽃잎 시들세라 늘 귀여워하며 쓰다듬어 주어야 싱싱하게 자랄 수 있을 것이다. 하지만 그 애들을 언제까지나 여린 모습 그대로 두어서는 안 된다.

  '유추프라카치아'가 아니라 박달나무처럼 단단하고 대나무처럼 곧지만 때로는 버들가지처럼 부드러워질 수 있는 사람, 그러면서도 가을 국화처럼 향기로운 인품을 가진 사람으로 자라게 해야 한다.

  그러기 위해서는 가르쳐야 할 것이 참 많다. 용기와 신념, 사랑과 미움, 아름다움과 추함, 선과 악 등등, 그리고 진실과 거짓이 뒤범벅된 혼탁한 세상에서 바른 길을 걷는 방법도 일러 주어야겠고, 시련을 이겨 내는 방법도 가르쳐 주어야 한다. 하지만 마음만 앞설 뿐, 할아버지로서의 내 능력은 턱없이 부족하다.

  '인연'과 '연인'을 반대로 읽으면 '인연'은 '연인'이 되고 '연인'은 '인연'이 된다. 또 연인도 인연 따라 맺어지는 법이니 이 얼마나 아름다운 말인가. 비록 지금은 어리디어린 손녀와 손자지만 시간이 흐르면 흐를수록 더 튼튼하고 지혜롭게 자랄 것이다. 그러나 아직은 아니다. 나는 우리 사이에 맺어진 인연에 감사하며 주말이면 찾아와서 품에 안길 아이들을 기다린다. 마치 연인을 기다리는 연인처럼.

# 돌잡이

백일잔치는 위험한 시기를 무사히 넘긴 아기를 위한 잔치이자, 아기 핑계를 댄 엄마의 날입니다. 새 생명을 잉태하였다는 벅찬 감격과 조금쯤은 불안하고 긴장된 나날들. 먹은 것은 물론, 먹지도 않은 물 한 모금까지 게워 내야 하는 지독한 입덧의 고통. 건강하고 슬기로운 아기의 탄생을 위하여 몸이 아파도 약 한 첩 못 먹고 견뎌야 하는 인고의 시간들. 게다가 출산의 두려움과 아픔은 또 어떻습니까. 오죽 위험했으면 산모가 출산하러 방에 들어가면 신발을 거꾸로 돌려놓는다는 옛 풍습이 생겼을까요.

그렇게 힘든 출산 과정을 거치면서 지칠 대로 지친 산모를 위하여 푸짐하게 한 상 차려 주는 것, 그것이 백일잔치라고 해도 무리가 없을 것 같습니다. 엄마가 건강해야 아이도 잘 돌볼 수 있으니까요.

요즘은, 배고프다고 칭얼대는 아이에게 한 방울도 나오지 않는 빈 젖을 물리고 눈물만 흘리는 굶주린 산모의 이야기는 좀처럼 듣기 어렵습니다만 예전에는 흔한 일이었습니다. 영양결핍에서 오는 온갖 질병, 열악한 의료시설, 가난하기 때문에 의지할 수밖에 없는 주술적인 치료 때문에 얼마나 많은 영아들이 햇볕 한번 제대로 쬐지 못하고 세상을 떠났는지 모릅니다. 돌잔치는 그렇게 위태로운 고비를 용하게 넘기면서 튼튼하게 자란 아이를 축하하는 자리입니다. 그래서 이날의 주인공은 당연히 아기가 됩니다.

집에서 조촐하게 차린 돌잔치에 비해 뷔페나 대형 음식점을 빌린 돌잔치는 풍성하고 요란스럽습니다. 사회자는 첫돌을 맞은 아이의 생년월일을 소개하면서 이름의 뜻도 자상하게 설명해 줍니다. 이어서 촛불 점화와 케이크 커팅, 생일 축하 노래 등 구색을 모두 갖춥니다. 그러나 뭐니 뭐니 해도 돌잔치의 가장 큰 관심거리는 돌잡이입니다.

세시풍속도 시속을 따르는 모양인지 상 위에 진열하는 물건의 종류도 점차 다양해지고 있습니다. 예전에는 붓, 실, 돈 외에 자손이 번성하기를 기원하는 대추, 유복한 재산가가 되라는 쌀, 거기에다 여자아이는 바느질 도구, 사내아이라면 작은 활과 화살을 추가로 놓았지만, 요즘은 IT 전문가를 의미하는 컴퓨터마우스와 권위를 나타내는 의사봉, 그리고 야구공이나 골프공도 빠트리지 않습니다.

돌쟁이가 진열된 물건 중에서 무엇을 잡든 그것에 무슨 대단한 의미가 있겠습니까마는 지켜보는 사람들은 손뼉 치며 재미있어 합니다. 그 물건이 내포하고 있는 상징성 때문이지요.

그런데 많은 물건 중에서 하나만 잡으라고 합니다. 두 개면 왜 안 되는가요? 세상에는 부자 과학자도 있고 장수하는 예술가도 많습니다. 부유하면서도 장수하고 게다가 명예마저 누릴 수 있는 운명이라면 금상첨화 아닙니까. 그러나 그 의문에 대한 선인들의 대답은 간단명료했습니다.

'천석꾼은 천 가지 걱정, 만석꾼은 만 가지 걱정'

겉으로 보기에는 풍족하고 행복해 보이지만 속은 까맣게 타들어 간다는, 때문에 가진 것과 근심 걱정은 비례한다는 뜻입니다. 세상에 완전한 행복은 없는 법이니 큰 욕심보다는 작은 행복에 만족하며 살라는 가르침이기도 합니다.

돌잡이는 아기가 자신의 의지에 따라 생애 최초로 무엇인가를 선택하는 뜻깊은 일입니다. 많은 진열품 중에서 마음에 드는 하나를 고른다는 것은, 그 아이에게 생각하는 능력과 자아가 형성되기 시작했음을 의미합니다. 그러니 선택은 당연히 아이에게 맡겨야 옳습니다.

그런데도 돌쟁이가 잡는 물건이 그 아이의 인생을 결정이라도 하는 듯이 자신의 희망을 은근히 강요하는 부모들의 모습을 심심찮게 볼 수 있습니다. 자식의 꿈이나 취향까지도 자기 입맛에 맞게 재단하려는 것이지요.

어떤 아버지가 알록달록한 연필과 볼펜을 들어 돌잡이하는 아들 앞에서 흔듭니다. 아기의 선택은 당연히 예쁜 연필. 아빠의 얼굴에 웃음꽃이 핍니다. 저명한 작가가 되는 것이 꿈이었던 젊은 아버지는 연필을 든 아들의 얼굴에서 꿈을 이룬 자신의 얼굴을 봅니다.

돈이 최고라는 가치관에 젖어 있는 사람들은 돈을 접었다 폈다 하며 아기를 현혹하고, 아예 돈만 상 위에 올려놓는 사람도 있답니다. 아기가 돈을 잡자 지켜보던 할머니는 이렇게 소원을 빕니다.

"천지신명이시여, 저 아이가 자라면 돈을 트럭으로 싣고 오게 해 주십시오."

얼마나 가난이 지겨웠으면 그런 소원을 빌었을까요. 그 아이가 자라서 조폐공사의 현금수송트럭 운전사가 되었다는 이야기는 한낱 우스갯소리로 치부하기에는 너무나 서글픈 우리 인생의 한 단면입니다.

나의 경우, 손녀는 돌잡이 때 실을 잡았고, 큰손자와 작은손자는 골프공을 잡았습니다. 아마 골프공이 사탕처럼 보였나 봅니다. 돌잡이의 상징적 의미대로 해석한다면 손녀는 옛날이야기처럼 "행복하게 오래오래 잘 살았답니다."의 주인공이 될 것이고, 손자는 가문에 없는 골프선수가 되어 돈과 명성을 양손에 움켜잡을지도 모릅니다.

이제 손녀와 손자는 인생길에서 첫 선택을 했습니다. 자라는 동안 진학, 취직, 결혼 등 굵직굵직한 선택은 물론이고 일상의 자잘한 선택의 순간도 밀물처럼 밀려와 어떻게 하겠느냐고 묻고 또 물을 것입니다.

인생은 선택으로 시작하여 선택으로 끝나는 선택의 물결입니다. 자신의 의지로 선택했든 타인의 입김이 작용했든 간에 그 선택에 대한 책임은 고스란히 자신의 몫입니다. 이런저런 사연과 핑계를 들먹인다고 해서 책임에서 자유로워지는 것은 아니니까요.

선택은 도전이자 목표입니다. 목표를 달성하기 위해서는 어려운 고비를 무수히 넘겨야 합니다. 마음이 급해 조바심을 내어도 안 됩니다. 위지(魏志) 왕창전(王昶傳)에는 '급히 이루면 빨리 망하고 천천히 이룩하면 훌륭하게 마친다.'고 기록하고 있습니다. 또 큰 나무는 천천히 자란다고 말들 하지 않습니까. 벼락치기, 벼락공부, 벼락부자 등등, 벼락이란 명사가 부정적으로 사용되는 것도 그 까닭입니다.

선택에 따라 인생도 달라집니다. 나는 내 손녀 손자가 천천히 자라는 큰 나무가 되기를 원합니다. 인생이란 긴 여정에서 무엇을 선택했든 간에 먼 훗날, 그날 그 선택이 가치 있는 선택이었고, 최선을 다해 목표를 달성했다고 자부할 수 있기를 바랍니다. 하지만 할아버지가 그 아이들에게 줄 수 있는 것은 경험에서 우러난 조언과 마음뿐입니다.

# 사랑

　감기는 전염성이 강하다. 또한 심한 두통과 기침을 동반한다. 그
뿐이랴, 주체할 수 없을 만큼 흘러내리는 콧물이 환자를 괴롭힌다.
그렇다고 해서 마음대로 닦을 수도 없다. 코 아래 인중 주변의 피부
가 상하여 닦을 때마다 고통스럽기 때문이다. 물론 그 통증은 피부
가 부드러울수록 더 심하다.

　세 살배기 큰손자와 두 살배기 작은손자가 같이 감기에 걸렸다.
아직 어린아이라 콧물 처리는 어멈 담당이다. 큰손자가 콧물을 흘리
자 어멈은 휴지 대신 손가락으로 콧물을 훔쳐 준다. 그러나 아직도
솜털이 보송보송한 작은손자의 경우는 달랐다. 벌겋게 달아오른 코
밑을 본 어멈은 조금의 망설임도 없이 혀로 콧물을 훔쳐 낸 뒤 입을
헹군다.

　그랬다. 그것이 바로 아무나 할 수 없는 '엄마만의 참사랑'이었다.

# 할머니의 눈 속에는

어쩌다가 눈동자끼리 마주쳤음일까. 아내와 이야기를 나누고 있던 손녀가 깜짝 놀란 듯이 말했다.

"어! 할머니 눈 속에 내가 있네."

태어난 지 19개월밖에 되지 않은 손녀로서는 할머니의 눈 속에 들어앉은 자기 모습이 무척 신기했나 보다. 손녀가 할머니의 눈 속에서 제 얼굴을 보았다면 아내는 손녀의 눈 속에 비친 자신의 얼굴을 보았을 터. 어떤 느낌을 받았을까.

사람의 눈은 마음의 거울. 자신의 본모습을 가식 없이 보여 준다. 그러기에 마음이 부끄러운 사람은 얼굴은 보되 눈은 보지 않으려고 애쓴다. 상대의 눈에 어떻게 비칠까 하는 염려 때문이리라.

어린애라고 해서 다를까. 야단맞을 짓을 한 꼬맹이들은 엄마 얼굴을 똑바로 보지 못한다. 그래서 조금만 주의 깊게 관찰하면 무얼 잘못했는지 얼추 짐작할 수 있다.

지금 할머니의 눈 속에 비친 자기 모습에 놀라고 있는 손녀의 아빠와 삼촌, 고모의 어린 시절 이야기다. 그러니까 30년도 훨씬 더 지난 예전 일이다. 괜히 엄마의 시선을 피하는 아이들을 보고

"엄마는 이미 다 알고 있으니까 바른대로 말해!"

하고 으름장을 놓으면 대개 실토하게 마련이었다. 자백하고 용서받은 후, 궁금해서 못 참겠다는 듯이 묻는다.

"어떻게 알았어요?"

"거짓말하면 눈동자에 글자가 나타나거든, 그러니까 너희들 눈만 쳐다보아도 무얼 잘못했는지 단번에 알 수 있으니까 엄마 속일 생각은 하지도 마."

엄마 말이 긴가민가해진 세 꼬마가 서로의 눈동자를 열심히 들여다보았지만 글자가 보일 리 없다. 아이들이 단체로 찾아와서 따지듯이 물었다.

"눈동자에 글자가 나타난다는 말, 그거 거짓말이죠?"

"정말이야. 그건 하나님이 엄마 아빠에게만 주신 특별한 능력이거든. 너희도 이담에 엄마 아빠가 되면 알 수 있을 거야."

손녀는 지금 할머니의 눈 속에서, 착한 개구쟁이의 얼굴을 보았을 것이다. 그러나 세월은 몸과 마음을 모두 변하게 한다. 하여, 언제까지나 보고 싶은 모습만을 볼 수는 없다.

이제 멀지 않아 유치원 가방을 멜 손녀도 학창 시절을 거쳐 아가씨가 될 것이다. 그리고 그때그때마다 할머니의 눈 속에 비친 자기 모

습을 보며 놀라고 당황할 게다. 언젠가는 엄마가 되어 지금 저만한 나이의 딸에게 "엄마는 네 눈을 보면 다 알 수 있어. 거짓말하면 눈동자에 글자가 나타나니까." 하며 어르고 달랠 것이다.

아내라고 해서 다를까. 손녀의 눈 속에서 변해 가는 자신의 얼굴을 보며 감회에 젖을 것이다.

그렇다면 나는?

내 늙어 감은 의식하지 못한 채, 국외자인 양 한 걸음 물러나서 손녀와 아내의 달라지는 모습을 지켜볼 것이다. 세월의 흐름과는 관계없이 늘 바르고 착한 손녀이기를 바랄 것이다. 그뿐이랴. 아내의 몸과 마음도 곱게 늙어 가기를, 그래서 손녀의 눈에 비친 할머니는 언제나 자상한 지금의 모습 그대로이길 원할 것이다.

# 둥지 안의 병아리들

갓난아기의 의사전달 수단은 울음이다. 아파도 울고 배고파도 운다. 기저귀가 젖어도 울고 누운 자리가 불편해도 운다. 그 울음은 제발 좀 어떻게 해달라는 하소연이다.

갓난쟁이라는 꼬리표는 떼었지만 아직 말을 배우지 않았다면 얼굴 표정과 손짓 발짓으로 자기 마음을 나타낸다. 공놀이를 하고 싶으면 공을 들고 와서 손에 들려주고, 아픈 데가 있으면 얼굴을 찡그린 채 호~ 해달라고 보챈다. 그리고 밖에 나가고 싶다면 포대기를 끌고 온다.

비 내리는 날이었다. 아직 말을 배우지 못한 손녀가 포대기를 끌고 왔다. 밖에 나가자는 뜻이다. 할머니가 "비 와서 못 나가." 하자, 손녀는 네 손가락은 모으고 집게손가락만 꼿꼿하게 세운 뒤 머리 위에 얹었다. 우산을 쓰고 나가면 된다는 손녀 나름의 언어였다. 그리고 보니 우산 쓴 모양과 흡사하다. 어디서 그런 꾀가 생겨났을까.

아내와 나는 짬나는 대로 유모차에 손자나 손녀를 태우고 집 뒤편 공원으로 산책을 나간다. 꼬불꼬불한 공원길에도 꼬마들이 좋아하는 길은 따로 있다. 아이들은 제가 좋아하지 않는 길로 들어서면 발로 바퀴를 툭툭 차며 신호를 보낸다. 왼쪽 길로 가고 싶으면 왼쪽 바퀴를, 오른쪽으로 가고 싶으면 오른쪽 바퀴를…….

아파트 안을 통과할 때도 마찬가지다. 터널 같은 필로티를 좋아하는 손녀와 필로티 통과를 싫어하는 손자는 필로티 앞에서 바퀴를 발로 차며 이쪽저쪽 신호 보내기에 분주하다.


할아버지 서재의 창문은 유아교육용 포스터로 반쯤 가려져 있다. 달 월(月), 해 일(日), 사람 인(人), 개 견(犬) 등, 그림과 문자를 같이 넣은 '한자서당' 포스터며 고구마, 당근을 비롯한 뿌리식물과 두더지와 지렁이 등 땅속 생물을 그린 포스터. 곰과 여우, 너구리와 사슴 등등, 동물을 의인화시킨 크리스마스 풍경 화보가 창문을 장식하고 있기 때문이다. 강사는 할아버지와 할머니다. 이것은 음머 소, 저것은 꼬꼬 닭, 또 이건 감자, 저건 양파……. 그중에서 꼬마들이 제일 좋아한 것은 크리스마스 화보였다.

여우와 너구리가 팀을 만들어 열전을 벌이고 있는 아이스하키 경기장. 경기장 옆에서 핫도그며 감자튀김을 팔고 있는 여우 아줌마. 산타할아버지를 태우고 하늘에서 내려오는 루돌프 사슴. 크리스마스트리를 장식하고 있는 곰돌이와 곰순이 등등, 이야깃거리가 여간 많은 게 아니다. 하여, 할아버지는 그림 속에 숨어 있는 이야기를 찾아내어 무성영화의 변사처럼 감정을 넣어 들려준다.

지금까지가 말을 배우기 이전의 풍경이라면, 말을 배우게 되면 분위기는 달라진다. 손녀 손자의 경우, 아는 단어를 조합하여 기초적인 대화를 나눌 수 있었던 것은 태어난 지 27개월이 지난 다음부터였다. 그때부터 아이들은 궁금한 것을 참지 못했다. 할아버지가 지칠 때까지 "왜요? 왜요? 왜요?"라는 질문을 쉴 새 없이 던진다. 그러면서 그 의문에 대한 답을 스펀지처럼 빨아들였다.

"배울 수 있다면 세상의 모든 것으로부터 배워라." 영국의 시인 알렉산더 포프가 남긴 말이다. 그렇다. 요람 안의 병아리들에게는 세상 모든 것이 배움의 대상이었다.

하늘과 구름, 꽃과 나무, 시냇물 소리와 바람 소리 같은 대자연의 경이로움. 유치원에서 만난 소꿉사리 동무, 언니 또 누나와 엄마 아빠, 그리고 할아버지 할머니의 습관과 행동을 보면서 무의식적으로 따라 배운다. 그러니 꼬마 앞이라고 해서 아무렇게나 행동해서는 안 될 일이다.

아내에게는 묘한 버릇이 있다. 빨래를 널 때면 빨래걸이의 걸이 부분을 입에 물고 빨래를 걸친다. 두 손을 다 쓸 수 있으니 편한 모양이다. 이빨이 상할 수도 있으니 그러지 말라고 해도 고치지 않았다. 그런데 문제가 생겼다. 그것을 몇 번 지켜본 손녀는 할머니가 세탁기에서 빨래를 꺼내면 저도 돕겠다며 쪼르르 달려와선 빨래걸이부터 입에 문다.

나 또한 뒷짐을 지고 걷는 버릇이 있다. 어느 날 산책길에서 뒤돌아보니 손녀도 뒷짐을 지고 아장아장 따라온다. 그러지 말라고 해도 듣지 않는다. 해결 방법은 하나뿐. 아내는 빨래걸이를 입에 무는 버릇을, 나는 뒷짐 지고 걷는 습관을 고치지 않을 수 없었다.

　손자도 예외는 아니었다. 할아버지 집에 놀러온 세 살배기 큰손자는 할아버지 등 뒤로 슬금슬금 다가선다. 그리고는 할아버지의 대머리에 배어난 번질번질한 개기름을 두 손바닥으로 닦아 제 머리카락에 싹싹 바른다. 평소 아빠의 머릿기름 바르는 모습이 무척 신기하고 부러웠나 보다. 모두가 폭소를 터뜨리지만 할아버지만 우습게 된다. 그렇다고 해서 빠진 머리카락을 도로 붙일 수도 없지 않은가.

　손녀 손자도 언제부터인가는 인생이란 것이, 할아버지가 밀어 주는 유모차처럼 왼쪽 오른쪽 원하는 대로 굴러가는 것이 아님을 알게 될 것이다. 그럴 때마다 수없이 많은 의문과 마주서서 "왜요?" 하고 물어보겠지만 돌아오는 대답은 다 다를 것이다.

　어떻게 해야 그 많은 대답 중에서 정답을 골라낼 수 있을까. 정답을 고른다는 것, 그게 지혜롭게 사는 방법인데. 답답한 나머지 비법을 물어볼지도 모르지만 할아버지라고 해서 뾰족한 방법을 제시할 것 같지는 않다.

　눈과 귀로 보고 듣지 말고 마음으로 보고 들으라고 할까. 두 번 세 번 되새겨 보라고 할까. 하지만 그 애들이 이해하기에는 너무 어려운 말이다.

어쩌면 그 질문에 대한 명쾌한 해답을 찾는 일이 할아버지가 풀어야 할 새로운 숙제인지도 모르겠다.

# 호박꽃

내가 살고 있는 아파트단지 앞에는 작지만 아담한 공원이 있다. 그 공원에는 손바닥만 한 연못이 있고 연못 옆에는 정자도 한 채 날렵하게 앉아 있다. 잔디밭 위에는 여러 그루의 키 큰 소나무가 본때 있게 서서 운치를 더한다.

화초의 종류도 다양하다. 겨울에는 동백, 봄이면 박태기꽃이 피같이 붉은 시를 쓰고, 개나리와 목련이 수줍은 듯이 미소를 짓는다. 또 여름이 되면 덩굴장미와 배롱나무가 예쁜 자태를 서로 다투고, 가을에는 이름 모를 야생화가 계절을 장식한다. 그렇게 많은 꽃 중에서 손녀 지원이가 좋아하는 꽃은 엉뚱하게도 호박꽃이다.

태어난 지 스무 달이 겨우 지난 손녀의 손을 잡고 공원을 산책하고 있을 때였다. 초여름이라 공원 울타리를 덮고 있는 덩굴장미는 더할 나위 없이 탐스러웠다. 어린 눈에도 예쁘게 보였던지 덥석 꽃을 따려던 손녀가 앙하고 운다. 가시에 찔린 것이다. 고사리손 끝에 배어나는 피 한 방울.

"그 봐, 할아버지가 꽃을 꺾으면 안 된다고 했잖아. 그렇게 꽃을 따니까 꽃도 아프고 화가 나서 지원이의 손을 찌른 거야."

"꽃도 아야 해?"

"그럼, 꽃도 아프면 운단다."

손녀가 알았다는 듯이 고개를 까닥인다.


공원 맞은편에는 넓은 유휴지가 있다. 그곳에는 마을 사람들이 심심파적 삼아 일구어 놓은 밭이 다닥다닥 붙어 있고 배추며 무, 파와 고추 등이 무성하게 자라 도심 속의 시골 정취를 그대로 풍기고 있다. 그중에서 가장 흔한 것이 호박이다. 그래서 이 구덩이 저 구덩이마다 호박꽃이 한창이었다. 손녀가 손가락으로 호박꽃을 가리켰다.

"으응 저건 호박꽃이야."

"침 꼭 찔러?"

"아니."

"왜?"

갑자기 물으니 대답이 궁색해진다.

"……호박꽃은 착하거든, 착하고 예쁜 꽃은 침이 없는 거야. 저 봐, 꽃도 크고 색깔도 예쁘지? 또 수수하고 소담스럽잖아."

수수하고 소담스럽다는 뜻을 전혀 모르는 손녀지만 할아버지가 칭찬하니까 저도 좋단다. 무엇보다 가시가 없다는 점이 마음에 들었을 게다. 그때부터 호박꽃은 손녀가 제일 좋아하는 꽃이 되었다.

손녀의 마음은 가히 '일편단심 민들레' 수준이다. 그래서 여섯 살이 된 지금도 호박꽃을 제일로 친다. 하지만 어멈은 그게 좀 못마땅했던 모양이다. 하고많은 꽃 중에서 하필이면 호박꽃이람. 행여 아이들의 놀림감이 될까 봐 걱정이라도 되는지 손녀를 회유했다.

　"호박꽃도 좋지만 더 고운 꽃도 많이 있잖아. 국화는 향기롭고 백합은 너무너무 예쁘지."

　여러 가지 꽃 이름을 나열하지만 손녀는 엄마의 추천을 단호하게 거부한다.

　"싫어, 그래도 나는 호박꽃할 거야."

　'호박꽃도 꽃이냐'는 속담이 있지만 사실 호박꽃이 그리 못생긴 꽃은 아니다. 오히려 넉넉해 보여서 좋다. 오만하지 않고 가식 없이 순수하다. 요란하지 않고 어지럽지 않아서 보는 사람의 마음을 편안하게 한다. 그리고 때론, 시골의 초가지붕과 구불구불한 돌담을 꽃등인 양 장식하여 한 폭의 수채화가 되는가 하면 한 편의 아름다운 서정시가 되기도 한다.

　꽃이 좀 크다 싶지만 큰 만큼 더 많은 꽃가루를 생산하여 벌과 나비들의 풍성한 식탁이 된다. 게다가 호박꽃의 약리 작용도 무시할 수 없다. 벌레에게 물린 자리에 호박꽃을 문지르면 가려움증을 덜어 준다. 그래서 꽃말도 '해독'이다.

　호박을 재배하는 일은 비교적 손쉽다. 또 까다롭지 않아서 좋다. 그 때문에 바쁜 농부들의 발길을 오래 붙들지 않는다. 묵은 밭둑이나 덤불 속 등, 밑거름만 넉넉히 넣어 두면 어디서나 잘 자란다. 돌보는데 비해 사람들에게 주는 혜택은 크다.

얼마나 많은 사람들이 호박을 구황식물로 삼아 꺼져 가는 생명의 불길을 되살렸는지 모른다. 게다가 풍부한 탄수화물과 비타민을 함유하여 항암 작용과 담석증 예방에 탁월한 효과를 나타내고, 부인네들의 산후조리용 식품으로는 그만한 것이 따로 없을 정도다. 호박잎도 버리지 않는다. 진하게 끓인 된장을 얹은 호박잎쌈은 별식으로서도 손색이 없다.

호박씨 속에는 치매 예방과 혈압 강화 작용을 하는 성분 외에도 머리를 좋게 하는 필수아미노산이 들어 있다. 그렇다면, 속담과는 달리 '까면 깔수록 좋은 것이 호박씨' 아닌가. 어느 것 하나 버릴 게 없는 호박. 이 모든 효능이 호박꽃이 있음으로 비롯된다. 그렇다면 호박꽃이 천시당할 이유는 조금도 없다. 오히려 '호박꽃도 꽃이다' 하고 큰소리칠 만하지 않은가.

별 생각 없이 던진 호박꽃 예찬 탓인지, 아니면 할아버지에 대한 믿음 때문인지는 알 수 없지만 손녀의 호박꽃 사랑은 여전하다. 하지만 그 사랑이 얼마나 오래갈지는 의문이다.

언젠가는 손녀도 호박꽃이 촌스럽다며 더 예쁜 꽃으로 시선을 돌릴 것이다. 꽃도 꺾으면 아파한다는 할아버지의 말을 한낱 우스갯소리로 여기며 꽃반지를 만들어 손가락에 끼워 볼 게고, 꽃다발을 만들어 좋아하는 사람에게 안겨 주기도 할 테지. 그리고 눈에 보이지는 않지만, 인생이라는 꽃의 숨겨진 가시에 찔려 마음 아파할 날도 있을 것이다.

　나는 손녀의 마음이 언제나 호박꽃처럼 풍요롭고 넉넉하기를, 호박이 제 몸속의 약리 성분으로 사람을 돕는 것처럼, 그렇게 남을 이롭게 하는 사람으로 자라기를 원한다. 게다가 꽃도 꺾으면 아파한다는 말까지 마음속에 늘 간직하기를 바란다면 내가 너무 욕심 많은 할아버지일까.

# 은단과 감기약

손녀 지원이가 태어난 지 19개월이 막 지났을 때였다. 이것저것 가리지 않고 잘 먹던 손녀에게 또 하나의 기호품(?)이 생겼다. 은단이다.

어느 날 할아버지가 은단을 먹으려다 한 알 흘렸더니 잽싸게 주워 입에 넣는다. 노란 병아리 입맛에는 자극이 심할 텐데도 오히려 별미라는 표정이다. 맛있느냐니까 고개를 까딱인다. 그것을 본 아범이 질색을 했다. 해로우니 먹지 말라고 손녀를 야단친다. 그러나 두 돌도 안 된 어린애가 이로운 것, 해로운 것을 어찌 구분하겠는가. 손녀는 생각날 때마다 쪼르르 달려와서 은단을 달라고 조른다.

따지고 보면 은단이 몸에 해로운 것만은 아니다. 감초가루, 계피가루, 인삼가루 등등, 생약성분으로 만든 은단은 몸 안의 불순물을 제거해 주고, 입안을 개운하게 씻어 마음까지 시원하게 해 주는 효과가 있다. 또 멀미를 하거나 체하여 가슴이 쓰리고 아플 때는 구급약 역할까지 한다. 그러나 아범은 은단의 톡 쏘는 자극적 성분이 어린 몸에는 해롭다고 생각한 모양이었다.

손녀는 고개를 약간 숙이면서 눈은 살짝 치켜뜬다. 그리고는 손가락 하나를 꼿꼿하게 세워 미간에 붙이고는 애원하는 표정을 짓는다. 말을 늦게 배운 손녀의 "은단 한 알만 달라."는 몸짓이다. 그 귀여운 모습, 간절한 애원을 할아버지가 어찌 외면할 수 있을까.

고백컨대, 손녀를 우리에게 맡기고 아들 내외가 제 집으로 가면 손녀는 아빠 몰래 은단 먹는 재미를 즐겼고, 나는 손녀에게 은단을 주는 죄(?)를 짓곤 했다.


손녀와는 달리 손자 원찬이는 은단을 입에 넣기가 무섭게 뱉어 버린다. 자극적인 맛이 싫었던 모양이다. 그러나 감기약이라면 다르다. 손자는 약이 몇 알이든 간에 마파람에 게 눈 감추듯 꿀꺽 삼켜 버린다.

얼핏 생각하면 자극성이 강한 은단을 좋아하는 손녀가 감기약도 잘 먹고 은단을 싫어하는 손자는 약을 싫어할 것 같지만 전혀 그렇지 않았다.

손녀에게 감기약 한 첩 먹이려면 온 동네가 시끄럽다. 집 천장이 울음소리로 들썩거린다. 너무 울어 온몸이 땀으로 젖는다. 반은 먹고 반은 뱉어 낸다. 그러던 손녀가 두 돌이 조금 지나자 약 먹는 버릇을 거짓말처럼 고쳤다. 울지도 않고 주는 대로 넙죽 받아먹는다. 하도 신기해서 어멈에게 비결을 물었다.

어멈은 병원에서 타 온 며칠분의 약을 모두 꺼내어 손녀의 눈앞에 쭉 늘어놓았단다. 우선 약 한 봉을 뜯어 물약에 개어 먹인다. 안 먹겠다고 발버둥 치며 뱉어 버리면 다른 약봉지를 뜯은 뒤, 조용히 말했다.

"지원아, 여기 봐. 약 많지? 네가 지금 안 먹으면 다시 이 약을 먹일 거고, 그래도 뱉어 내면 이번에는 저 약을 또 먹일 거야. 어차피 지원이가 먹어야 할 약이니까 울지 말고 먹으면 얼마나 예쁘겠어? 그러면 감기도 빨리 낫고 엄마와 지원이도 고생 안 해서 좋잖아."

하며 아무리 울어도 먹을 수밖에 없는 이유를 설명했단다. 그랬더니 한참 동안 원수 대하듯이 약봉지를 노려보던 손녀가 포기한 듯이 순순히 약을 먹더란다. 엄마의 위협과 설득이 통한 것이다.

그날 이후 손녀는 '어차피'라는 말을 새로 배웠다. 그리고는 곧잘 써먹는다. 할아버지 집에 다니려 왔다가 돌아갈 때, 먹다 남은 과자와 과일을 주섬주섬 챙기면서 말했다.

"할머니, 어차피 줄 것 모두 다 싸 주세요."


불가(佛家)에서는 인생을 '고해(苦海)'라고 한다. 세간(世間)에서는 오늘을 일컬어 '기회를 박탈당한 좌절의 시절'이라고도 말한다. 그렇다면 내 손자와 손녀가 어른이 되었을 때의 세상은 어떻게 달라져 있을까. 더 좋아져 있을까, 더 나빠져 있을까. 하지만 세월이 그만큼 흘렀다고 해서 지금과 크게 달라지지는 않을 것 같다.

손자 손녀도, 난마 같은 세상을 살아가는 동안 사랑과 행복이라는 달콤한 시럽도 마셔 볼 게고, 소태처럼 쓰디쓴 인고(忍苦)라는 이름의 약도 마실 것이다. 넘기 힘든 고개를 허우적거리며 넘어야 하고, 세상만사 뜻대로 되지 않아 입맛이 쓸 때도 많을 것이다.

그럴 때면, 희망이라는 이름의 은단을 먹어 텁텁한 입속을 개운하게 씻어 버리기 바란다. 어차피 마셔야 할 잔이라면 감기약 먹듯이 꿀꺽 삼켜 깊은 잠 속에서 휴식을 취한 뒤, 맑은 눈으로 세상을 보며 다시 시작하기 바란다. 새로운 시작은 또 다른 가능성을 의미하기 때문이다.

# 인기 순위

가수들은 '금주의 인기 가요'나 '가요 톱 10' 같은 프로의 인기 순위에 목을 매달고 영화 제작자, 감독, 배우들은 '박스 오피스' 서열에 신경을 곤두세운다. 그런가 하면 정치인들은 여론조사 기관에서 발표하는 지지율을 무시하지 못한다. 왜냐하면 그 순위가 명성과 부의 축적, 또 차기 선거에 미칠 영향력 때문이다.

가족 사이에도 인기 순위는 존재한다. 대부분의 아이들은 어렸을 때는 아버지를 좋아한다. 엄격한 아버지가 때로는 두렵고 부담스럽지만, 필요할 때마다 든든한 버팀목이 되어 주는 까닭이다. 그러나 좀 더 자라 현실적이 되면 아버지보다는 엄마를 더 따른다. 옷이며 책값이며 용돈이 엄마의 주머니에서 나오는 까닭이다.

손녀 지원이와 손자 원찬이가 평가하는 우리 가족의 인기 순위는 수시로 바뀐다. 하지만 네 살이 될 때까지 손녀의 인기 순위는 부동

이었다. 1위 할아버지, 2위 할머니, 3위가 엄마 그리고 꼴찌가 아빠
였다.

　유모차를 싫어하는 손녀를 안고 수시로 집 앞 공원으로 산책을 나
간다. 겨울이면 나무 잎에 쌓인 찬 눈을 만져 보게 했고, 봄이면 꽃
향기 그윽한 공원을 손잡고 거닌다. 공원 연못가에 앉아 과자를 물속
에 던진다. 먹이를 본 비단잉어며 붕어가 펄쩍 펄쩍 뛰어오르며 황금
빛 몸을 드러낸다.

　손녀는 그 모양을 보고 깔깔 웃는다. 과자 부스러기를 잔디밭에 뿌
려 비둘기와 까치를 불러 모으고, 놀이터에서 모래성도 쌓고 미끄럼
대도 같이 탄다. 같이 놀아 주는 것. 그것이 인기를 유지하는 비법이
었다.

　손녀는 태어난 지 13개월째부터 반년 가량을 엄마 아빠와 떨어져서
할아버지와 지냈다. 그때의 손녀는, 잘 때는 반드시 할아버지 곁에
누워야 했고 할아버지가 들려주는 옛날이야기를 들으며 잠들곤 했
다. 심지어는 기저귀도 할아버지에게 채워 달란다. 그래서 할머니의
손길을 마다하고 기저귀를 손에 들고 이 방 저 방 할아버지를 찾아다
녔다.

　서운한 것은 아범이었다. 손녀는 주말에만 찾아오는 아빠를 싫어
했다. 심지어는 안아 주는 것도 싫다며 앙증맞은 두 발로 아빠의 배
를 차고 두 팔로는 어깨를 밀쳐낸다. 그러면 아범은 "얘가 왜 이래?"
하면서 서운한 표정을 감추지 못했다.

　그랬던 손녀도 다섯 살이 되더니 마음을 바꾼다. 1위 엄마, 2위 아

빠, 3위 할아버지, 마지막이 할머니다. 할아버지 옆에서 잠들지만 잠에서 깨어났을 때 엄마가 보이지 않으면 엄마 곁으로 달려갔다. 그뿐이랴, 여섯 살이 되자 할아버지 집에 남겨 두고 갈까 봐 오히려 걱정이다. 이렇게 되니 이번에는 할아버지 할머니가 서운하여 삐칠 차례다.

　손자 원찬이의 인기 순위는 큰 변동이 없다. 부동의 1위는 아빠. 아빠에게 야단맞아 엉엉 울면서도 아빠의 무릎에 기어올랐다. 2위 엄마의 인기도 여전하다. 그러나 할아버지 할머니의 순위는 시시때때로 바뀐다. 먹고 싶은 과자나 갖고 싶은 장난감을 사 줄 때는 할아버지가, 맛있는 것 먹여 주며 안아 줄 때는 할머니가 할아버지의 인기를 앞지른다. 그래서 할아버지 할머니의 인기 순위는 부동(不動)이 아니라 부동(浮動)이었다.

　그토록 아빠를 좋아하던 손자였지만 싫어할 때도 있었다. 동생 원진이를 낳은 후, 산후조리를 위해 한 달가량 우리에게 맡겨졌을 때다. 제 딴에는 꽤 서운했던지 며칠마다 들리는 아빠를 본척만척했고 심지어는 할아버지 등 뒤에 숨기까지 했다.

　손녀 손자 할 것 없이 왜 그렇게 아빠를 싫어했을까. 그것은 혼자 두고 가 버린 아빠에 대한 서운함과 야속함, 소외감 때문이었을 것 같다. 그래서 '자식은 부모 그늘에서 자라야 한다.'는 속담이 생겼는지도 모르겠다.

　손자와 손녀의 전화 음성은 너무 비슷하여 구별하기가 쉽지 않다.

그래서 생긴 인기 순위 변동 사례 하나.

큰손자가 태어난 지 28개월째 되던 어느 날이었다. 뜨덤뜨덤 말을 배워 가고 있던 손자가 할머니에게 전화를 걸어왔다. 손자를 손녀로 착각한 할머니가

"오! 장지원, 잘 있었어? 밥도 잘 먹고 공부도 많이 했지?" 하며 손녀를 칭찬하자 손자는, "원찬이 원찬이" 하며 자기 이름을 밝혔다. 미처 알아듣지 못한 할머니가 계속 손녀의 이름을 부르자 잔뜩 화가 난 손자, "할머니, 미워!" 하고 소리쳤다. 그 순간 할머니의 인기는 3위에서 꼴찌로 추락하고 말았다.

우리는 흔히 '어린 게 뭘 알까?' 하며 무시하지만 그게 아니다. 감정을 통제할 수 없는 아이들은 사소한 일에도 쉽게 상처를 받는다.


인기가 많다는 것은 좋은 일이다. 인기 있는 아이들은 대인관계도 원만하고 선생님의 사랑도 받는다. 그래서 자신감을 얻게 되어 긍정적인 사고방식의 소유자로 자라기 마련이다. 그러나 변수도 있다.

옛말에, '넘치는 것은 모자라는 것보다 못하다'고 했다. 지나치게 인기에 연연하다 보면 오만방자해지고 자신을 과대평가하게 된다. 그래서 "어! 이게 아닌데." 하고 느꼈을 때는 이미 늦어 추락할 수밖에 없다. 좌절감과 상실감도 떨어지는 속도에 비례하여 가속도가 붙는다. 그것이 인기의 함정이다.

나는 내 손녀 손자가 착한 본성을 잃어버리지 않고 늘 간직하기 바란다. 누구에게나 사랑받지만 인기에 취해 오만하지 않기를, 자신을

과대평가하는 어리석음을 범하지 않기를 원한다. 진정한 인기는 바른 마음과 바른 행동에서 나오는 법이다.

# 씀바귀 손녀 치즈 손자

자장자장 우리 아기 착한 아기 잘도 잔다.
눈이 커서 잃어버린 것도 잘 찾겠고
귀가 커서 말소리도 잘 듣겠다.
입이 커서 상추쌈도 잘 먹겠고
코가 커서 냄새도 잘 맡겠다. (하략)

칭얼대는 아기를 업고 마당을 서성이며 흥얼거리던 옛 어머니들의 자장가다. 그 노랫말 중에서도 '입이 커서 상추쌈도 잘 먹겠다'는 소절은 참 재미있다. 좋은 반찬 다 제쳐 두고 하필이면 상추인가.

상추는 쉽게 구할 수 있는 찬거리면서도 즐겨 먹는 채소다. 또한 쌉쌀한 상추를 맛있게 먹는 아이는 입이 걸 수밖에 없고, 골고루 잘 먹는 아이는 튼튼하게 자란다. 그래서 자장가의 상추쌈에는 아기가 튼튼하게 자라기를 바라는 어머니의 소망도 함께 들어 있다.

우리 민족의 전통적인 이유식 중에는, 엿기름과 쌀을 이용한 청량 미음, 쇠고기와 생선, 녹말가루를 넣어 끓인 어알탕, 표고버섯과 쇠고기를 넣은 장국죽 등등, 고급 이유식도 많지만 그건 어디까지나 부잣집 도련님이나 먹을 수 있는 별식이었고, 그저 그런 장삼이사의 아이들은 흰죽이나 미음이 고작이었다. 그러나 요즘은 다르다.

금자둥이같이 귀여운 자식을 지혜롭고 튼튼하게 키우고 싶은 어머니들의 고민은 이유식을 선택하면서부터 시작된다. 뼈를 튼튼하게 하는 이유식도 있고 머리가 좋아진다고 선전하는 이유식도 있다.

그렇게 다양한 이유식 앞에서 젊은 엄마들은 고민하게 마련이다. 그러나 갖가지 이유식이 범람하는 것과 반비례하여 요새 아이들의 입맛은 점점 더 까다로워지고 있다. 편식 때문이다. 그건 아이들이 원하는 것, 맛있어 하는 음식을 우선적으로 먹이는 잘못된 모성애 때문일 수도 있고 무관심 탓일 수도 있다.

편식의 후유증은 생각보다 심각하다. 식욕부진은 영양 불균형으로 이어지고, 그 결과 저항력이 약해져서 무기력 증세까지 보일 수 있다고 하니 가볍게 넘길 일은 결코 아니다.


손녀 지원이와 큰손자 원찬이의 식성은 사촌치고는 너무 다르다. 손녀가 한국적이라면 손자는 서구적이다. 손녀의 경우 못 먹는 게 별로 없다. 생후 17개월쯤 되자 된장국물을 훌훌 마셨고, 할머니가 부쳐 준 김치부침도 잘 먹었다.

쓴 음식도 가리지 않는다. 쌉쌀한 머위 잎, 독특한 향의 곰취와 미나리, 자극성이 강한 깻잎도 좋아한다. 다시마와 미역등 해초도 마다하지 않았다. 어쩌다가 외식할 때, 상추와 배추를 우적우적 먹고 있는 아이는 그 넓은 홀에서 손녀가 유일했다. 그렇다고 해서 별난 교육을 시킨 것도 아니다. 그냥 할아버지가 맛있게 먹고 있는 곰취 줄기를 빼앗아 입에 넣어 보더니 얼굴도 찡그리지 않고 아작아작 씹는다. 맛있어 보이는 것, 그것이 배움의 첫걸음이었다.

세 돌이 지나면서 손녀의 식욕은 더욱 왕성해졌다. 생선회를 먹으면서 "많이 꼬들꼬들하다"는 품평을 하거나, 살아 있는 낙지를 손가락으로 찔러 보고는 "이건 왜 꼼지락 안 하지?" 하면서 먹는 손녀의 식성은 네 살짜리 꼬마치고는 엽기적이다. 게다가 미역국을 먹을 때, 국에다 들깨가루를 넣어 달라고 조른다. 원 참! 미역국에 들깨라니…….

큰손자 원찬이가 좋아하는 것은 치즈, 햄, 소시지 등속의 가공식품이다. 그러니 곰취 같은 나물 종류와 김치는 입에 넣기가 바쁘게 뱉어 버린다. 쓴 것보다는 단 것을 좋아한다. 특히 치즈는 꿈속에서도 찾는다. "치즈 빠방이야!" 손자의 잠꼬대다. '치즈'는 손자가 가장 좋아하는 음식이고, '빠방'은 좋아하는 장난감 자동차다.

호랑이가 온대도 울던 아이가 '곶감' 하면 그친다는 옛날이야기처럼 손자는 '치즈' 하면 울음을 그친다. 그러나 손녀는 치즈라면 질색이다. 치즈 많이 먹으면 예뻐진다, 키도 쑥쑥 잘 자라고 머리도 좋아진다며 어르고 달래야만 겨우 먹는 시늉만 한다.

큰손자와는 달리 작은손자 원진이의 입맛은 또 다르다. 형보다는 사촌 누나의 입맛을 더 닮았다. 그래선지 두 돌이 채 되기도 전에 "깍뚜 깍두" 하면서 김치를 찾았다. 풋고추도 좋아해서 오이고추를 오이처럼 잘 먹는다. 게다가 매운 음식도 꺼리지 않았다. 할머니가 조리한 낙지볶음을 먹으면서 하는 말은

"맵기는 매워도 맛은 좋다."

그러나 반찬을 골고루 먹는 대신 밥을 적게 먹는다. 그 때문인지 감기 등 잔병치레도 잦다. '골고루 많이'는 그래서 필요한가 보다.

너무 잘 먹는 손녀와 꺼리는 것이 많은 큰손자를 비교하면서 아내가 후회하는 것이 있다.

"내 잘못이야. 원찬이도 지 애비 양말로 입을 닦아 주어야 하는 건데……."

큰며느리는 집에서 산후조리를 했다. 그래서 아내는 옛 비방 그대로 깨끗이 빨아 둔 아들의 양말로 손녀의 입을 쓱쓱 닦아 주며 "입 걸어라." 축수했지만, 작은며느리는 친정에서 조리한 까닭에 손자의 입을 닦아 줄 기회를 놓쳤단다. 허나, 설만들 양말로 입을 닦아 주지 않았다고 해서 큰손자의 입이 짧을까.

우리 아이를 키울 때 아내는, 아이들의 밥 위에 반찬을 골고루 얹어 주었다. 이른바 배급이었다. 싱거운 반찬도 얹어 주고 좀 짜다 싶은 반찬도 얹어 준다. 김치며 쓴 나물도 나누어 주고 맛있는 생선살도 발라 준다. 아이들도 배급받은 반찬은 무조건 먹어야 하는 줄 알고 찡그리면서도 먹었다. 칭찬도 아끼지 않았다. 그게 골고루 먹게

하는 비법이었다.

큰손자의 식성을 보고 지레 걱정할 필요는 없을 것 같다. 아직 애기 아닌가. 편식을 막겠다며 억지로 먹이기보다는 맛있게 먹는 모습부터 보여 주면 어떨까. 싫어하는 식품을 아주 조금만 넣어 음식을 만든 다음, 그 맛을 익혔다 싶으면 차츰 양을 늘려 가는 것도 한 방법이리라.

또 하나, 반찬 배급의 기법과 칭찬을 적절히 활용한다면 언젠가는 손자도 "할머니, 씀바귀!" 하며 손을 내밀 테고, 손녀도 "할아버지, 치즈 주세요." 하고 조를지도 모를 일 아닌가.

# 콩나물과 멸치

　다섯 살 난 손녀 지원이와 세 살짜리 큰손자 원찬이의 반찬 먹는 버릇 중에서 가장 비교되는 것은 콩나물과 멸치다.

　손녀는 콩나물 머리는 쳐다보지도 않고 줄기만 먹는다. 멸치도 머리는 꼭 떼어 내고 몸뚱이만 먹는다. 그와는 정반대로, 손자는 멸치와 콩나물의 머리만 먹는다. 그래서 볶은 멸치와 콩나물을 반찬으로 주면 한 녀석은 머리만, 또 한 녀석은 몸뚱이만 먹는 진풍경이 우리 집 식탁에서 펼쳐진다. 하지만 그 이유는 단순했다.

　손녀는, 할머니와 엄마가 소고기국을 끓일 때 콩나물 머리는 모두 제거하고, 멸치 역시 머리 부분을 떼어 내고 볶는 것을 보며 자랐다. 그래선지 어린 마음에도 머리는 먹을 수 없는 것으로 인식된 모양이다. 하기야 서너 살 되는 꼬마에게 콩나물 머리는 비린내를 없애기 위해서 버리는 것이고, 멸치 머리는 국물을 우려내기 위해 따로 모아 둔다고 설명해 주는 할머니와 엄마는 없을 테니, 손녀를 나무랄 일도 아니다.

손자의 경우는 다르다. 멸치를 통째로 먹다가 꼬리 부분에 목이 찔려 고생한 후, 콩나물이건 멸치건 동그란 머리만 먹는다. 그런데 문제는 애들이 그 버릇을 영 고치려고 하지 않는다는 것이다. 어르고 달래어도 소용이 없고 맛있는 과자와 좋아하는 과일로 유혹해도 들은 척도 하지 않는다.

그랬던 손녀가 유치원에 다니면서부터 거짓말처럼 버릇을 고쳐 지금은 콩나물과 멸치 머리도 잘만 먹는다. 특히 생선 머리는 눈알을 빼먹는 재미로 제일 좋아한다.

손녀의 유치원 생활은 '재미' 그 자체였다. 새로운 동무를 사귀는 것도 좋고, 늘 갇혀 있던 집을 떠나서 통학버스를 타는 것도 즐겁고, 노래며 율동을 새로 배우는 것도 좋고, 영어 단어를 배우는 것도 신기하단다. 그런 손녀가 유치원 생활 중에서 유일하게 싫어하는 것은 식사 시간이다.

"유치원에서 밥 먹는 거 너무 싫어요."

하소연하지만 할아버지는 돌아서서 쾌재를 부른다.

"지원이 너, 임자 만났구나."

집에서라면 싫은 반찬은 먹지 않겠노라며 투정을 부릴 수 있고, 떼를 쓰다 보면 적당히 넘어갈 수도 있지만 유치원의 식사 시간은 다르다. 반찬을 남기면 엄마보다 무서운 선생님께 야단을 맞는다. 그래서일까. 집에서라면 한 시간이나 걸리던 손녀의 밥 먹는 시간이

10분으로 줄어들었다. 빨리 먹고 나가서 동무들과 더 많이 놀고 싶어서란다.

처음 유치원에 입학하는 어린이들에게 있어 선생님이란, 신선하면서도 조금쯤은 두렵고 신비스러운 존재라서 말을 잘 들을 수밖에 없다. 아마 내후년에 손자가 유치원에 입학하게 되면 손자 역시 머리만 먹는 버릇을 고치겠지. 그렇다면 정말 선생님 만세다.


유아기에 보고 듣고 배우는 것은 그 흡수력이 엄청나게 빨라서 마치 스펀지에 물이 스며드는 것 같다. 좋고 나쁜 것을 구분하지도 않고 그런 능력도 없다. 단순하고 자의적이다. 따라서 아이들이 보는 앞이라면 어른들은 행동거지를 더욱 조심해야 한다. '어린애 보는 데서는 찬물도 마음대로 못 마신다.'는 속담도 그래서 생긴 모양이다.

큰손자가 제 엄마를 "에미야", 아빠를 "자기야" 하고 불러 우리를 웃게 한다. 아마 할머니가 어멈을 부르는 소리와, 제 엄마가 아빠를 부르는 소리를 듣고는 그게 엄마 아빠를 부르는 공식적인 호칭인 줄 알았나 보다. 그렇지만 손자가 잘못 아는 것을 바로잡아 주겠다며 할머니가 며느리를 '엄마'라고 부를 수도 없으니 이를 어쩌면 좋을까.

# 방아깨비

어둑발이 내려앉기 시작하는 양산천의 산책로. 달빛이 밝다. 황화 코스모스는 노란 웃음을 하늘로 날려 보내고, 아직은 제 세상이라는 듯 무리 지어 핀 개망초꽃이 산책로 주변을 하얀 눈처럼 덮고 있다.

입추가 지났지만 더위는 좀체 고개 숙일 줄을 모른다. 하지만 계절은 속일 수 없는 법. 그악스럽게 울어 대던 매미 소리가 점차 잦아지는 것을 보면 여름도 막바지에 이른 모양이다.

홀연히 나타난 불청객. 하루살이 떼가 눈 코 입 가리지 않고 마구 덤벼들자, 다섯 살 손녀가 손을 휘저으며 짜증을 낸다.

그러다 발아래 작은 움직임이 있어 걸음을 멈춘다. 방아깨비다. 이 맘때가 되면 녀석들은 초록색 둔한 몸을 움직여 저도 같이 걷고 싶다는 듯이 산책로로 나온다.

나는 방아깨비 한 마리를 잡아 가느다란 두 다리를 손녀의 손에 쥐어 준다. 다리를 잡힌 방아깨비는 이름 그대로 쿵덕쿵덕 방아를 찧는다. 언제 짜증을 냈냐는 듯이 깔깔 웃는 손녀. 그런데 방아깨비의 방아 찧는 간격은 시계의 초침이 가는 속도와 비슷하다. 쿵덕 쿵덕 재깍 재깍 쿵덕 재깍…….

문득 울산에 사는 두 손자 생각이 난다. 같이 걸을 수 없어 아쉽지만 그 애들도 아빠 엄마의 손을 잡고 호수공원의 산책로에서 방아깨비를 찾고 있겠지.

손녀와 나는 다방천을 가로지르는 무지개다리 위에 서서 흘러가는 시냇물을 내려다본다. 쿵덕 쿵덕 재깍 재깍, 방아깨비 시간이 흐르고 시냇물 따라 세월도 흐른다. 이 가을이 가면 겨울이 오고 또 한 해가 기억의 저편으로 숨어 버리겠지.

산책하는 사람들이 걷는 속도는 다 다르다. 어떤 이는 마냥 한가롭게, 또 어떤 이는 바쁘게 걷는다. 인생 또한 그렇지 않을까. 느긋하게 걸어도 좋을 때가 있는가 하면 종종걸음을 쳐야 할 때도 있으니까.

그렇게 산책로 위에 발자국을 남기며 손녀는 자랄 게고 나는 늙어갈 테지. 신호등과 가로등불이 냇물 위에 오색 빛으로 수를 놓는다. 나는 반짝이는 물비늘을 보며 기원한다. 내 손자 손녀는 이 가을처럼 싱그럽게 자라기를, 또 나는 추하지 않게 늙어 가기를.

# 할아버지의 집

　내가 살고 있는 아파트단지로 큰아들이 이사를 왔다. 같은 동은 아니지만 발코니에 서면 빤히 보이는 이웃 동이다. 며칠 뒤 할아버지 집에 놀러 온 손녀가 말했다.

　"여기가 우리 집이었으면 좋겠다."

　1층인 아빠 집보다는 로열층인 할아버지 집이 더 환한 데다가 엘리베이터 타는 재미까지 있으니 그런 생각을 했을 것이다. 그러나 나는 손녀의 그 말을, 할아버지 집이 제집이 되면 할아버지 할머니도 함께 살 수 있어서 좋겠다는 기특한 뜻이었다고 확대 해석하고 있다. 그야말로 할아버지표 '아전인수'다.

　할아버지 집에 놀러온 손녀는 그만 놀고 가자는 엄마 말은 들은 척도 하지 않는다. 그러면서 눈물이 그렁그렁한 얼굴로 도움을 요청한다.

"할아버지, 하룻밤만 재워 주면 안 돼요?" 그래라 승낙하면 작은 주먹을 불끈 쥐고 "앗싸!" 환호한다.

다음 날 데리러 오겠다고 어멈이 말하자 펄쩍 뛴다. 집에 갈 생각이 없으니 아예 오지도 말란다.

"싫어, 오지 마."

손녀의 희망과는 달리 일찍 찾아온 엄마를 보고는

"너무 일찍 왔잖아!" 짜증낸다.

"지원이가 좋아하는 빵 사 왔는데 구워 줄까?"

손녀가 마지못해 대답했다. "응."

그런데 여기서 어멈이 실수를 했다.

"엄마 커피 한 잔 마시고 구워 줄게."

손녀가 되받아친다.

"엄마는 커피가 그렇게 좋아?"

"나 오늘 처음 마시는 거야."

"그렇게 커피가 좋으면 커피하고 살든가."

입이 퉁퉁 부은 손녀는 엄마가 하는 일 모두가 못마땅하다. 그러더니

"할아버지 종이 주세요."

"뭐하게?"

"엄마 그리게요."

종이를 주었더니 아주 못생긴 여자 얼굴을 그리고는 그게 엄마란다.

할아버지 집에 하루라도 더 머물고 싶었던 손녀는 수시로 할머니를

비행기에 태웠다. 누룽지를 끓여주면

"세상에서 제일 맛있는 누룽지!"라고 치켜세우고,

할머니가 만들어 주는 음식을 먹어 보고는

"이렇게 맛있는 요리를 어디서 배웠어요?" 야지랑을 떤다.

어쩔 수 없이 집으로 가야 할 때는 제일 좋아하는 장난감과 인형을 몰래 두고 간다. 다시 올 핑계거리를 만들어 놓는 것이다.


그런 손녀에 비해서 두 손자는 조금 다르다. 할아버지 집에 가자면 환호성을 지르며 먼저 신발을 신는 것은 손녀와 같다. 집에 갈 때가 되면 더 놀다 가자고 조르는 것도 같다. 하지만 그건 어디까지나 아빠 엄마와 같이 있는 조건에서다. 그 때문인지 저희들끼리 떨어져서 자고 간 것은 몇 밤 되지 않는다.

한밤중에 잠이 깬 큰손자, 엄마 아빠가 보이지 않으면 눈시울을 파르르 떨며 울까 말까 망설인다. 이때 할머니가 곁에 누워 등을 토닥이면 이내 잠이 들지만, 작은손자는 대성통곡부터 한다. 이것을 줘도 안 되고 저것을 줘도 싫단다. 원하는 것은 오직 엄마뿐이다. 다시 잠재우는 유일한 방법은 제풀에 지쳐 잠들 때까지 등에 업고 서성거리는 수밖에 없었다.

왜 그럴까? 우리와 힘께 보낸 시간이 손녀에 비해 짧았던 까닭일까? 그렇다면 할아버지 할머니에 대한 믿음도 같이했던 시간과 비례하는 모양이다.

손녀 손자에게 있어 할아버지의 집은 마음 편한 놀이터 같은 곳일 게다. 한정된 공간과 한정된 풍경. 그 속에서의 한정된 자유밖에 없는 제집을 떠나 할아버지 집으로 가는 여정은, 어른들이 흔히 말하는 '일상에서의 탈출' 같은 것일지도 모른다.

먹는 것만 해도 그렇다. 비만을 염려한 엄마 아빠의 제동으로 마음 껏 먹지 못하는 큰손자도 할아버지 집에 오면 "밥 더 주세요." 당당하게 요구한다. 토란이며 연근 등, 제철에 나오는 재료로 만든 반찬을 먹으면서 손녀도 거든다. "이런 건 할머니 집에 와야만 먹을 수 있어요." 그러나 그 무엇보다 좋은 것은 TV를 마음껏 볼 수 있다는 점일 것이다.

손녀 손자가 즐겨 보는 프로그램은 서로 다르다. 손녀는 〈포켓몬스터〉와 〈못 말리는 세 공주〉에 열광하고 손자는 〈한반도의 공룡〉 등, 공룡이 나오는 프로그램만 고집한다. '티라노사우루스', '스테고사우루스' 등등, 그 많은 공룡 이름을 줄줄이 꿰고 있다.

아범과 어멈은, 할아버지 집에서만 누릴 수 있는 이런 자유마저 제한하려 들지만 가끔 들르는 아이들 아닌가. 지나치지만 않는다면 아범보다는 아이들 편을 들고 싶다. 할아버지와 할머니는 엄마 아빠의 꾸중을 차단하는 방패막이니까.

그렇다고 해서 손녀 손자의 방문이 언제나 반가운 것은 아니다. 몸이 무겁거나 청탁받은 원고의 마감 날이 가까운데도 글머리조차 잡지 못하고 있을 때면

"아빠 피곤할 텐데 집에 가서 쉬게 해야지." 멀쩡한 아들을 핑계 삼

아 그만 돌아가라고 은근히 권한다.

　정신없이 뛰어놀던 아이들이 제집으로 돌아가고 나면 아내와 나는 어질러 놓은 물건들을 제자리에 정돈하느라 분주해진다. 이래서 손자는 '오면 반갑고, 가면 더 반가운 존재'라고 말하는지도 모르겠다.

　하지만 머지않아 꼬맹이들의 생각도 달라질 것이다. 감싸 주는 할아버지보다는 야단치는 아빠를 더 사랑할 게고, 할머니의 요리보다는 엄마가 해 주는 반찬이 더 맛있다고 아양 떨 것이다. 그리고 할아버지 집보다는 저희들 집이 더 좋다고 여길 날도 올 것이다.

　설혹 그런 날이 온다고 해도, 자주 찾아와서 할아버지의 집을 웃음으로 채워 주었으면 좋겠다. 웃음이 떠나지 않는 집은 행복한 집이니까.

# 2

## 순 수 의  계 절

어린 몸과 마음은 모두 순수하다. 그 영혼의 깊은 샘
에서 우러나오는 눈물도 순수하다. 그러나 순수의
보호막은 얼마나 연약한지 모른다. 하여, 쉽게 파열
되어 온갖 불순물 앞에 노출된다. 오염되어 자신의
본질마저 잃어버리게 한다.

# 순수의 계절

흔히 '여자의 무기는 눈물'이라고 말한다. 웬만한 남자의 강심장도 여인의 눈물 앞에서는 눈사람이 될 수밖에 없다는 뜻이리라. 그래서 일까. 프랑스의 소설가 볼테르도 '남자가 온갖 말을 다하여도 여자가 흘리는 한 방울의 눈물에는 당하지 못한다.'고 말했다. 그러나 눈물 무기가 여자의 전유물만은 아니다. 남자의 눈물도 그 진정성에 따라서는 무기가 된다. 그러나 눈물이라는 무기를 가장 효과적으로 사용하는 것은 어린아이들일 것이다.

대부분의 어른들은, 어린 아들이며 손자가 흘리는 눈물 앞에서는 무기력해진다. "이놈" 혹은 "안 돼!" 하면서도 적당한 선에서 양보하기 마련이다. 하여, 영악한 아이들은 곧잘 눈물로 자기가 원하는 것을 얻어 낸다.

손녀 지원이는 태어난 지 22개월이 지나면서부터 울보공주가 되었다. 무언가를 해달라고 조른 후, 들어주지 않을 때 우는 것이 순서지만 손녀는 요구 조건을 꺼내면서 눈물도 같이 흘린다.

32개월이 지나자, 눈물을 지능적으로 활용하기 시작했다. 야단맞을 짓을 저질러 놓고는

"엄마, 야단칠 거야?"

"그럼, 당연히 야단맞아야지."

그러자 야단을 치기도 전에 눈물부터 흘려 엄마의 마음을 약하게 한다. 결국 어멈은 "얘가 왜 이래?" 하며 야단도 치지 못한다.

68개월이 되었을 때다. 할아버지 집에서 며칠 묵은 뒤, 자기 집으로 돌아가기 위해 현관을 나서던 손녀가 눈물을 흘렸다. 왜 그러느냐고 물었더니,

"할아버지 할머니가 맛있는 것도 만들어 주고 또 재미있게 놀아 줘서 너무 좋았는데 집에 가자고 해서 울어요. 진짜 슬퍼요."

그런 손녀를 보는 할아버지의 마음도 짠하다. 하지만 손녀의 마음을 들여다보면 할아버지 집에서 더 놀다 가고 싶다는 욕심이 묻어 있다. 그래서 순수한 슬픔과는 다소 차이가 난다. 그렇다면 어린애를 더욱 어린애답게 하는 순진무구함은 어디에서 찾아볼 수 있을까.

"아빠, 힘내세요. 우리가 있잖아요."를 부르며 눈물을 글썽이던 세 살배기 손녀는 유치원생이 되더니 김완기 시인이 노랫말을 쓰고, 저하고 이름이 똑같은 '장지원' 선생이 작곡한 '참 좋은 말'을 가장 좋아했다.

사랑해요. 이 한마디 참 좋은 말 / 우리 식구 자고 나면 주고받는 말 // 이 말이 좋아서 온종일 신이 나지요 // 사랑해요. 이 한마디 참 좋은 말 / 나는 나는 이 한마디가 제일 좋아요.

노래를 부르면서 눈물까지 흘린다. 가족과 사랑이란 말의 개념도 제대로 이해 못하는 여섯 살 꼬마가.

가지고 놀던 강아지 인형이 방바닥에 떨어지자 깜짝 놀란 다섯 살 큰손자, 인형에게 "친구야, 괜찮니?" 울먹이며 묻는다. 감기에 걸려 며칠 동안 태권도장에 나갈 수 없게 되자 느닷없이 "보고 싶다, 친구야!" 하고 소리치더니 닭똥 같은 눈물을 뚝뚝 흘린다.

초등학교 1학년이 된 손자, 학교에서 '완두콩 관찰일기'를 쓰라는 과제를 받아 왔다. 어멈은 화분에다 완두콩 씨앗을 심어 준다. 이제부터 물을 주고 관찰일기를 쓰는 것은 손자의 몫이다. 움이 트고 키가 자라는 것이 무척 신기했던지 손자도 정성을 다해 돌본다. 튼실하게 자란 완두는 예쁜 꽃을 피우더니 마침내 열매를 맺었다. 콩깍지를 열어 보니 콩알 다섯 개가 의좋은 형제처럼 나란히 앉아 있다.

관찰일기 쓰기가 끝나서 선생님께 제출하기 전날이었다. 손자가 완두 화분을 보며 눈물을 흘렸다. 이별이 슬퍼서란다. 어멈이 화분은 가져가지 않아도 된다고 말하자 그제야 눈물을 그친다.

그랬다. 할아버지가 찾고 있던 우리 아이들의 티 없이 맑고 깨끗함은, 친구에 대한 그리움과 완두콩과의 작별이 서러워서 눈물 흘리는 손자의 마음속에 숨어 있었고, '참 좋은 말'을 노래하며 흘리는 손녀의 눈물 속에 오롯이 담겨 있었다.

어린 몸과 마음은 모두 순수하다. 그 영혼의 깊은 샘에서 우러나오는 눈물도 순수하다. 그러나 순수의 보호막은 얼마나 연약한지 모른다. 하여, 쉽게 파열되어 온갖 불순물 앞에 노출된다. 오염되어 자신의 본질마저 잃어버리게 한다.

캐나다의 로키산맥에서 발원하여 태평양으로 흘러가는 프레이저 강과 톰슨 강은 두물머리인 리튼에서 하나가 된다. 협곡과 암반지대를 거쳐서 내려온 톰슨 강은 맑고 깨끗하지만 부식토와 진흙으로 오염된 프레이저 강은 탁류다. 따라서 강물의 색깔도 톰슨 강은 하늘처럼 푸르지만 프레이저 강은 중병에 걸린 환자의 피처럼 검고 칙칙하다.

희한하다. 두 물이 만나서 하나가 되었다면 서로 섞여 새롭게 변해야 한다. 그러나 두 강은 하나가 된 후에도 자신의 정체성을 잃지 않겠다는 듯이 서로를 견제하며 따로 흐른다. 그래서 두 물의 경계는 중앙 분리선을 그어 놓은 듯이 선명하다. 그렇게 서로의 본질을 지키며 흐르던 강물은 하류가 가까워서야 하나로 섞인다. 그것은 오염이 아니라 융합이었다.

나는 내 손녀 손자도 자기만의 순수함을 오래도록 간직했으면 좋겠다. 몸과 마음이 자라는 동안 어쩔 수 없이 불순물을 받아들일 수밖에 없을지라도, 오염이 아니라 새로운 자아를 형성하는 융합의 계기

로 삼았으면 좋겠다. 조개의 몸속에 들어온 모래알이 진주가 되는 것
처럼…….

# 구름

**구름**

  손녀 지원이가 다섯 살 되던 해 여름, 공룡 발자국을 찾아 고성으로 가던 길이었다. 차창 밖으로 보이는 하늘에는 뭉게구름이 하나 가득이다. 바람은 하늘의 호흡. 그 숨결을 따라, 양 떼가 뛰어놀던 초원이 수미산처럼 치솟는가 했더니 어느새 마왕이 사는 성으로 변한다.

  할머니가 손녀에게 물었다.

  "저 구름 좀 봐. 지원이 눈에는 뭐로 보이지?"

  잠시 생각에 잠겼던 손녀가 대답했다.

  "음…… 푹신푹신한 방석 같아서 앉고 싶고 기대고 싶어요. 또 베개 같고 이불 같아서 눕고 싶어요."

  47개월 된 꼬마의 대답치고는 신통하다. 그러더니 할머니의 어깨에 머리를 기대고는 정말 잠이 들었다. 손녀는 지금 구름 베개에 구름 이불을 덮고 자는 꿈을 꾸고 있을지도 모른다.

여섯 살이 되더니 구름에 대한 생각이 달라졌다.

"솜사탕 같아서 맛있게 먹고 싶어요."

여덟 살, 저녁놀에 물든 구름을 보며 하는 말.

"자연이 이렇게 신비로울 줄은 몰랐어요."

할아버지의 집 발코니, 하늘에는 역시 뭉게구름이 가득하다. 두 손자에게 할머니가 물었다.

"구름을 보니 무엇이 생각나니?"

여섯 살배기 큰손자, "머리 푼 귀신같아요."

다섯 살 작은손자는 똑같은 구름을 보고 두더지 같고 비행기 같단다. 그러더니 더 이상 흥미를 갖지 않는다. 머슴애라서 그럴까.


### 잘까 말까

유아들의 성장호르몬이 가장 많이 나오는 시간은 밤 아홉 시부터 새벽 두 시까지. 그러니 초저녁부터 재우는 것이 잘 자라게 하는 비법이다. 그러나 밥숟가락을 든 채 꾸벅꾸벅 조는 손자와는 달리 손녀는 잠드는 것을 무지무지 싫어했다.

자정이 가까워도 눈 감을 생각조차 하지 않는다. 불도 못 끄게 했다. 끝없이 옛날이야기 해달라고 보챈다. 잠재우기 위해서는 어둠이 필요했다.

할머니가 손녀를 업고 집 앞 공원이나 학교 운동장으로 나가면, 할아버지는 보디가드처럼 두 사람 뒤를 따른다. 사람은커녕 별빛조차 제대로 보이지 않는 운동장은 '전설의 고향' 무대 같다. 그 칠흑 같은 운동장을 열 바퀴 스무 바퀴 돌다 보면 손녀는 겨우 잠이 들었다.

깨어 생각하는 시간이 많았음일까. 손녀의 표현력은 날이 갈수록 엉뚱해졌다. 세 살 때였다. 엄마 아빠를 얼마만큼 사랑하느냐는 질문에, '하늘만큼 땅만큼'이라는 여느 아이들의 대답과는 달리 거실과 안방, 건넌방을 모두 뛰어 돌아온 후, 두 팔을 있는 대로 벌리고는 "이만큼 사랑해!"

어린이 놀이터. 밧줄을 잡고 경사판을 겨우 기어오른 손녀, 많이 힘들었는지 참새같이 작은 가슴을 할딱거리면서 할아버지에게 말했다. "할아버지도 올라오세요." 할아버지가 힘든 척 밧줄에 매달려 끙끙거리자 팔짱을 끼고 내려다보던 손녀가 하는 말은 "꽤 힘들걸." 맹랑한 녀석이다.


## 상상력과 감수성

손녀가 장난감 화장대를 펼쳐 놓고 화장하는 흉내를 내고 있다. 아이라인도 그리고 인조 눈썹은 물론 입술연지까지 바르는 흉내를 낸 손녀, 긴 베개에 올라타더니

"이건 마차예요. 할아버지가 마부하세요."

"어디로 모실까요?"

"왕자님을 만나러 무도회에 갈 거예요. 나는 신데렐라거든요."

소꿉놀이도 그냥 하지 않았다. 집에 있는 베개란 베개는 죄다 모아 성처럼 쌓은 뒤, 의자를 기둥으로 삼는다. 담요의 한쪽 끝은 의자에

묶고 또 다른 끝은 장롱 손잡이에 묶어 지붕을 만든다. 자기 나름의
성을 쌓은 것이다. 동생들과의 소꿉장난도 그 속에서 했고 옛날이야
기도 그 안에 누워서 들려 달라고 했다.

일곱 살이 되자 미역국에 넣은 광어 살을 발라 먹으면서

"살이 살살 녹는 게 아이스크림처럼 맛있다."

여덟 살이 되더니 한술 더 떠서 두 손으로 귀를 막고 물김치를 먹는
다. 아작아작 열무 씹히는 소리가 크게 들려서 기분이 좋단다.


## 다시 구름

구름은 대기 중에 떠돌아다니는 작은 물방울이 모인 것이다. 알갱
이의 반지름이라고 해야 고작 0.02~0.05㎜에 불과한 미세한 존재
지만, 이 작은 알갱이 수십억 개가 모여서 구름이 된다. 햇빛을 받아
영롱하게 반짝이는 물방울은 미세한 꿈의 조각. 그 조각이 수없이 모
여 구름 같은 꿈을 만든다.

뭉게구름, 새털구름, 양떼구름 등등, 구름의 종류는 변화에 대한
인간의 열망을 말하고 빛의 흡수와 반사에 따라서 변하는 하양, 파
랑, 회색, 검정, 분홍 등, 구름의 색깔은 꿈의 다양성을 상징한다.
그래서일까? 인간은 늘 꿈꾸며 산다.

꿈은, 자면서 꾸는 꿈과 깨어서 꾸는 꿈으로 나누어진다. 더러는
돼지꿈을 꾸었다거나 집이 불타는 꿈을 꾼 후 복권에 당첨되었다고
자랑하지만, 자면서 꾸는 꿈의 대부분은 '남가일몽(南柯一夢)'처럼 허
무하고 '호접지몽(胡蝶之夢)'같이 알쏭달쏭하다. 하지만 깨어서 꾸는

꿈은 다르다. 그 꿈은 미래의 자화상이기 때문이다.

　비록 그 자화상이, 바람에 따라 생성하여 변화하고 소멸되는 과정을 수없이 반복하는 구름처럼 바뀔 수도 있겠지만 나는 내 손녀 손자가, 늘 깨어 허황되지 않은 '참 꿈'을 꾸며 자라기 바란다. 헛된 꿈만 꾸는 사람은 불행을 안고 사는 사람이니까.

# 별

정월대보름, 양산천 둔치의 달맞이 행사장은 저마다의 소원을 적은 풍등을 손에 든 인파로 북적거리고 있었다. 무슨 소원이 그리 많을까. 대나무와 소나무를 얼기설기 엮어서 만든 달집은, 허영심 많은 사람의 액세서리처럼 온갖 희망을 적은 소원지를 주렁주렁 매단 채 제 몸 불사를 시간을 기다리고 있다.

불이 들어가자 달집은 이내 불덩어리가 되었다. 송진이 뚝뚝 떨어지자 불길은 더욱 거세어지고, 탁탁 대나무 쪼개지는 소리는 폭죽소리처럼 밤하늘에 울려 퍼진다.

불길 사이로 보름달이 떠오르자 환호성이 터져 나오고 박수소리가 요란하다. 월궁항아가 재림이나 한 듯이 달을 향해 두 손 모으고 절하는 모습도 더러 보인다. 손과 손에서 풀려난 풍등은 또 다른 별이 되어 어두운 밤하늘을 장식하고 있었다.

목말을 탄 손녀도 잡고 있던 풍등을 하늘로 보낸다. 풍등의 꼬리에는 유난히 감기와 친한 손녀가 쓴 "감기 뚝"이란 소원이 적혀 있다. 춤추듯이 두둥실 흔들리며 하늘로 올라가는 풍등의 불빛이 가물가물 사라질 때까지 지켜보던 일곱 살짜리 손녀가 소리쳤다.

"우주에 별 하나가 또 생겼다."

지난해 대보름. 같은 장소, 같은 시간에 풍등을 날린 손녀의 감탄사는

"아! 별이 되었다."였다.

손녀는 한 해 동안 '우주'라는 낱말을 새로 배운 것이다.

오래전, 할아버지가 바라본 별이 꿈이었던 것처럼 손녀에게도 별은 아주 작은 꿈이 되었다. 별은 시대와 나이를 초월하여 제 이름을 불러 주는 사람의 마음에 요정처럼 찾아들어 꿈꾸게 하니까. 손녀는 이제 막 꿈의 세계로 들어가는 문지방을 넘어섰다.

사람들은 모두 별 하나쯤은 가슴에 품고 산다. 별이 꿈과 희망의 상징이라면 꿈꾼다는 것은 아름답다. 그 길 끝에 '성취'라는 황홀한 세계가 펼쳐질 수도 있지만 쓰디쓴 좌절의 심연이 기다릴 수도 있다. 하지만 실패가 두렵다고 해서 꿈꾸는 것조차 포기할 수는 없지 않은가.

나의 어린 시절, 또래의 꿈은 엇비슷했다. 예능에 소질이 많은 몇몇 부잣집 아이를 제외하면 장관, 국회의원, 장군, 경찰서장 등등이 출세의 대명사였다. 하지만 꿈과 희망은 세태에 따라 변하기 마련이다.

그때의 우리가 권위주의와 관료주의에 매료되었다면, 요즘의 청소년들이 가장 선호하는 미래의 자기 모습은 가수나 배우 같은 연예인, 뛰어난 기량의 운동선수라고 한다. 그만큼 자유롭고 다양한 개성을 존중하는 시대에 태어난 까닭이리라. 그러나 그들은, 그들의 화려한 앞모습만 바라볼 뿐, 화려함의 뒷면에 도사리고 있는 어두운 그림자는 의식적으로 외면한다. 그것이 젊은이들이 꾸는 꿈의 함정이다.

믿을 수 없는 것 또한 꿈이다. 철이 들어 세상을 알아 가면서부터 꿈의 모눈종이에 그렸던 그래프는 하향 곡선을 그리기 시작한다. 인생이 그리 호락호락한 것이 아니라는 것을 느낀 대부분의 젊은이들은 화려했던 꿈을 접고 취직이라는 좁은 문 앞으로 몰려든다. 마치 그것이 유일한 희망인 듯이. 내일의 꿈은 취직한 다음에 다시 꾸어야 한다.


손녀에게 물었다.

"지원이는 이다음에 엄마처럼 음악을 공부하고 싶을까, 아니면 할아버지처럼 글 쓰는 사람이 되고 싶을까."

"아뇨. 유치원 선생님 될 거예요."

손녀의 대답은 분명했다. 하기야 유치원생의 눈에는 유치원 선생님이 제일 예쁘고 멋있어 보일 테니까 나무랄 수도 없겠다.

몸과 마음이 자라는 만큼 시야도 넓어지듯이, 손녀의 꿈도 더 푸르러져서 유치원 선생님의 꿈이 대학교수로 바뀔 수도 있을 것이다. 그게 아니라면 지금의 손녀로서는 상상조차 할 수 없는 엉뚱한 방향으로 시선을 돌릴지도 모른다. 그리고 그 꿈을 이루기 위해 갖은 노력을 다할 것이다.

 '상승정지증후군'이란 심리학 용어가 있다. 모든 역량을 쏟아 목표를 달성한 뒤에 느끼는 공허함을 말한다. 더 이상 오를 곳이 없다는, 더 나아갈 곳이 없다는 허탈감을 뜻하는 그 증후군은 분야를 가리지 않는다.

 세계 최고봉 16좌를 완등한 산악인 엄홍길 씨가, "정상에 서면 기쁨은 잠깐이고 이내 허탈감에 빠졌다. …… 마치 더 이상 살아 있을 이유가 사라져 버린 것 같았다."고 술회한 것처럼. 그러나 뜻이 있는 한 길은 열려 있는 법이다.

 은막의 요정이라 불리며 세계인의 사랑을 한 몸에 받았던 '오드리 헵번'은 갈채와 환호의 무대에서 내려온 뒤, 유니세프 홍보대사가 되어 후진국의 굶주린 어린이를 돕는 일에 여생을 바쳤다. 봉사가 곧 그녀의 보람이자 행복이었으니까. 그래선지 이미 그녀가 사망하고 난 뒤였지만 데일리 밀러지(紙)는 "세월이 흘러도 가장 아름다운 여인"으로 그녀를 선정했다.

 39대 미국 대통령이었던 '지미 카트'는 재선에 실패한 뒤, 가난한 자를 위한 사랑의 집짓기 운동을 벌려 노벨평화상을 수상하는 등, 대통령 재임시절보다 더 많은 사랑과 존경을 받고 있다. 꿈의 실현도 중요하지만 꿈 이후도 그래서 중요하다.

내년 정월대보름날에도 나는 손녀와 같이 달집 앞에 설 테고, 손녀의 손에는 풍등이 들려 있을 것이다. 그때 손녀는 풍등의 꼬리에다 무슨 소원을 적을까? 어떤 낱말을 더 배워 별이 될 풍등을 표현할까. 또 손녀의 꿈은 어떻게 달라져 있을까.

　　손녀는 꿈을 이룬 후에도 한결같이 아름다운 사람이 되기를 원하는 할아버지의 마음을 아직 모른다. 언제쯤 알까? 그날이 오면, 꿈은 꿈을 이루기까지의 과정도 중요하지만 이룬 다음이 더 아름다울 수도 있다는 '꿈의 방정식'을 넌지시 일러 주어야겠다.

# 아빠, 탈탈했어?

    남녀노소 구분할 것도 없다. 대부분의 사람들은 소변을 본 후, 한 두 방울 떨어트려 무슨 기념품처럼 속옷에 얼룩을 남긴다. 특히 오랫 동안 참다가 소변볼 때는 그 정도가 더 심하다.

    참는 이유도 다양하다. 어린애들이 놀이에 정신을 팔고 있을 때 많 이 참는다면, 청소년들은 휴대전화나 컴퓨터의 게임에 홀렸거나 무 협지를 탐독하고 있을 때다. 또 TV 드라마에 심취한 아줌마들은, 드 라마의 내용이 반전에 반전을 거듭하여 자못 흥미로워지면 엉덩이를 뭉그적거리면서 참고 또 참는다.

    그런데 문제는, 방광에 무리한 부담을 반복적으로 주다 보면 방광 염을 일으키는 원인이 되고 심하면 신장염으로 발전할 수도 있다는 점이다. 그러니 이럴 경우의 참을성은 칭찬할 일이 아니다.

    아직 초등학교에도 들어가지 않은 손녀 역시 그렇다. 아빠의 휴대 폰으로 게임을 하고 있을 때 소변이 마려우면, 한 손은 휴대폰을 잡고 한 손은 아랫배를 두들긴다. 조금이라도 더 참으려는 애처로운 노력이다.

네 살배기 작은손자 원진이는 더 웃긴다. 여느 아이들처럼 오줌을 흘리는 손자에게 어멈이 교육을 시켰단다.

"쉬하고 나면 고추를 잡고 이렇게 탈탈 털어야 하는 거야."

하며 고추 터는 법을 가르쳤다. 그랬더니 오줌만 누고 나면 앙증맞은 고추를 잡고 탈탈 턴다. 그 정도면 괜찮은데 제 형이나 아빠가 소변볼 때마다 화장실까지 따라가서 웃긴다.

"형아, 탈탈했어?"

"아빠, 탈탈해." 하며 '탈탈'을 상기시킨다.

어이가 없어 못 들은 척하면

"내가 해 줄까?"


할아버지 집에 놀러 왔을 때다. 형이랑 누나랑 놀기에 바빴던 작은손자가 비명을 질렀다. 고추를 잡고 깡충깡충 뛴다. 너무너무 오줌이 마려웠기 때문이다. 화장실에 가서 변기 앞에 세운 뒤 바지를 내리고 어쩌고 할 틈이 없다. 마음이 급했던 할머니가 냉큼 안은 채 오줌을 뉘었다.

시원하게 오줌을 눈 손자가 하는 말,

"할머니, 탈탈해 줘."

하지만 두 팔로 손자를 안은 채 고추를 털어 줄 수는 없는 일. 할머니가 말했다.

할아버지가 쓴 육아 수필

"할머니는 못해 주니까. 원진이가 해."

그랬더니 요 녀석, 고추가 손에 닿지 않았는지 입으로 "탈탈" 소리 내어 말하더니

"할머니, 나 탈탈했어. 내려 줘요."


덴마크의 저명한 천체물리학자 '티코 브라헤'의 전설 같은 일화 하나.

국왕이 궁중 파티에 '티코 브라헤'를 초청했다. 당시의 파티는 희한한 것이, 사나흘 동안 잠도 자지 않고, 화장실에도 가지 않고, 그저 먹고 마시며 춤추는 것이 관례였다. 화장실 출입이 잦은 남자는 그 자체만으로도 '시원찮은 남자' 대접을 받았다고 하니 그 고충이 오죽했을까.

아무튼, 지기 싫다는 오기와 자존심 때문에 사흘 동안 소변 한 번 보지 않고 버티던 브라헤의 방광이 터지고 말았단다. 그리고 그 후유증으로 사망했다고 하니 그야말로 병적인 자존심이자 미련함의 극치다.


사람이 살다 보면 없는 자존심도 있는 척해야 할 때가 있는가 하면, 마음과는 달리 미련퉁이인 양 딴청을 부려야 할 때도 있다. 그러나 그건 미련이 아니라 삶의 지혜다.

나는 내 손녀 손자가 미련하기보다는 꾀바르면 좋겠다. 억지보다는 순리대로 살아가기 바란다. 게다가 오줌 눈 후, 탈탈 털어 마무리

하는 것처럼 인생의 크고 작은 일 역시 깔끔하게 마무리하며 생활한다면 더 좋겠다. 참는다는 것은 인내고 미덕이지만 지나치면 미련이 된다.

# 형아하고 나하고

주말이면 찾아오는 네 살배기 작은손자에게 할머니가 물었다.

"원진아, 여기서 할머니하고 살자."

"싫어."

"그럼 누구하고 살래?"

"형아하고"

엉뚱하게도 엄마 아빠가 아니라 형 원찬이란다. 그 말대로라면 형
제 사이가 꽤 돈독해 보이지만 꼭 그런 것은 아니다. 소리 지르고 울
음보를 터트리며 시도 때도 없이 싸운다. 그런가 하면 언제 그랬느냐
는 듯이 사이좋게 논다.

비록 연년생이긴 하지만 큰손자는 제법 형 노릇을 한다. 엄마가 동
생을 야단치면 대든다.

"엄마, 그러지 마. 아기잖아."

할머니라고 해서 비켜 갈 수는 없다. 둘째가 너무 분잡하다며 야단

칠 낌새라도 보이면 곁눈질로 할머니의 표정을 살핀다. 야단치면 따질 기세다.

유치원에 다닐 때였다. 동생이 잘못하여 선생님께 꾸중이라도 들으면 잽싸게 달려가서 표현력이 부족한 동생을 대신하여 선생님을 설득하곤 했다. 흡사 아기가 아기를 돌보는 모양새다.

아빠 엄마와 떨어져서 할아버지 집에서 자는 날이었다. 밤중에 일어나서 두리번거리던 작은손자, 금방이라도 울음이 터질 것 같다. 그러나 옆에 자고 있는 형을 보더니, "형아 있네." 하고는 다시 잠든다. 이때의 형아는 할아버지 할머니보다 더 믿음직한 존재였다.

또 있다. 둘이 싸우다가 힘이 부친 작은손자가 형의 허리를 피가 맺히도록 깨물었다. 자지러지는 큰손자. 어멈이 호되게 동생을 야단치자, 큰손자가 엉엉 울면서도 동생 편을 들었다.

"아빠에게는 말하지 마세요. 원진이 혼나잖아요." 기특한 형이다. 하지만 언제나 그런 것은 아니다. 유치원에 입학한 손자가 선생님께 이렇게 하소연했단다.

"나 보고는 맨날맨날 양보만 하래요. 세상에서 동생이 제일 미워요."

하지만 속내는 달랐다. 초등학교 1학년 큰손자, 선생님이 '나에게 소중한 10가지'라는 주제로 설문 조사를 했다. 그때 손자가 쓴 답은 "1. 동생 2. 엄마 아빠 3. 친구……" 순이었다. 그리고 그 이유로는 "동생을 보호해야 하니까"를 들었다. 그런데 이를 어쩐담. 할아버지와 할머니는 아예 순위 안에 들지도 못했다. 아내와 나의 손자 사랑은 어쩔 수 없는 짝사랑인가보다.

두 손자는 비교적 차분한 성격이다. 그러나 사촌누나 지원이가 합세하면 완전히 달라진다. 장난꾸러기 손녀가 동생들을 부추겨서 뛰고 구르는 등, 그야말로 야단법석이다.

이럴 때 작은손자는 어리다는 이유로 소외당한다. 그렇지만 노는 데 정신이 팔린 큰손자는 동생이 왕따를 당하건 말건 신경 쓰지 않는다. 그러나 동생이 유치원에 들어가자 상황이 달라졌다. 형제가 합심하여 누나를 놀린다. 이번에는 손녀가 삐칠 차례다. 그럴 때면 무남독녀 손녀는 '말 잘 듣는 남동생' 하나 만들어 달라며 엄마를 졸랐다.


선악과를 따 먹은 죄로 에덴동산에서 쫓겨난 아담과 이브는 두 아들을 낳아 형인 카인은 농부, 동생 아벨은 양치기로 키웠다. 신에게 제사를 지내는 날, 카인은 곡식을, 아벨은 맏배 양을 제사상에 올린다. 하지만 하나님은 아벨의 제물은 기꺼이 받았지만 카인의 제물은 거부했다.

어떻게 이럴 수가……. 자신을 외면한 신에 대한 서운함과 동생에 대한 질투로 번민하던 카인은 마침내 동생을 살해한다. 그렇게 해서 인류의 살인 역사는 형이 동생을 죽이는 것으로 시작되었다. 카인이 아벨을 살해한 것은 하나님의 편애 때문이었다. 어디 하나님만 그럴까. 지나친 편애로 자식들의 인생을 그르치게 하는 부모는 지금도 많다.

카인과 아벨이 성경 이야기라면 우리에게는 흥부와 놀부가 있다. 인색하고 욕심 많은 놀부는 흥부를 핍박하다 못해 집에서 쫓아내 굶주리게 한다. 나쁜 형이다. 그런데도 우리 조상들은 '형만 한 아우 없다'고 강조했다. 그렇다면 이런 해석은 어떨까?

실속파 놀부의 눈에 비친 흥부는, 그저 착하고 어질기만 할 뿐 무능하기 짝이 없는 한심한 아이였을 것이다. 그래서 형의 울타리 안에서 안주만 할 게 아니라 험한 세상 똑바로 보고 정신 좀 차리라는 뜻에서 핍박했을지도 모른다. 그렇다고 해서 놀부의 욕심과 심술을 당연시할 수도 없다. 그렇다면 우리가 바라는 이상적인 형제상은 어떤 것일까.

잠시「의좋은 형제」라는 동화 속으로 들어가 보자.

가을걷이가 끝난 후 형이 생각했다.

"동생이 신접살림을 차렸으니 이것저것 쓸 데가 많을 거야. 좀 도와줘야지."

형은 동생 몰래 자기 볏단을 동생 볏단에 얹어 놓았다.

동생도 생각했다.

"형님은 가족이 많으니 곡식도 더 많이 필요할 거야."

동생 역시 자기 볏단을 들어다 형의 볏단에 쌓아 둔다.

몇 날 며칠을 옮겨도 줄어들지 않는 볏단. 이상하게 생각하면서도 또 볏단을 나르던 형제가 중간에서 딱 마주쳤다. 비로소 내막을 알고 얼싸안는 형제. 그랬다. 잃어버린 에덴동산은 형제의 아름다운 우애 속에 숨어 있었다.

생텍쥐페리는 「어린 왕자」에서 이렇게 말한다.

"네 장미를 소중하게 만드는 것은 바로 네가 장미를 위해 쏟은 정성과 시간이야."

형제간의 우애도 서로에게 쏟은 정성과 시간에 따라 그렇게 달라진다.

나는 손자 손녀가, 종형제도 친형제만큼 소중하다는 것을, 또 피붙이만큼 가까이 지내야 할 이웃사촌도 있다는 사실을 배우고 느끼면서 자라기 바란다.

한동안 동생들과 퉁탕거리며 놀던 일곱 살 손녀가 무엇이 못마땅했는지 쪼르르 달려와서 볼멘소리로 제 엄마에게 말했다.

"엄마, 내 동생 만들려고 정말 노력하고 있어?"

# 사랑하기 때문에

**사랑하기 (1)**

큰아들의 몸을 빌려 태어난 손녀 지원이는 할아버지 할머니의 첫 정(情)이다. 게다가 가까운 곳에 살기 때문에 자주 들락거린다. 할아버지 할머니와 손녀 사이의 정도 같이 보낸 시간과 비례하는 것일까. 손녀는 할아버지 할머니의 사랑을 독점하고 싶은 욕심이 남다르다.

작은아들은 아들 둘만 낳았다. 그러나 떨어져서 살기 때문에 손자를 손녀처럼 자주 만날 수는 없다. 하지만 집안의 대들보답게 듬직하고 믿음직스럽다.

손녀가 태어난 지 36개월째니 다섯 살 때다. 할아버지 집에서 모처럼 만난 손녀와 손자는 신이 났다. 이거 달라, 저거 달라, 또 이게 먹고 싶다, 저게 먹고 싶다, 원하는 것도 다양하지만 그보다는 이리 뛰고 저리 구르는 통에 정신이 어지럽다.

그런데 문제가 생겼다. 할아버지 할머니의 관심이 손자 쪽으로 잠시 기울자 시샘이 난 손녀가 두 동생을 괴롭히기 시작한 것이다. 괴롭히는 방법도 여러 가지다.

남몰래 팔꿈치로 옆구리를 찌른다거나 은근슬쩍 발을 걸어 넘어지게 한다. 안마를 해 주겠다며 동생을 엎드리게 한 뒤에 세게 때려 비명을 지르게 한다. 비명소리에 놀란 할머니가 손녀를 야단치자 대답이 걸작이다.

"때린 게 아니에요. 사랑해 준 거지."

### 사랑하기 (2)

여덟 살배기 큰손자 원찬이가 동무들과 놀다가 말다툼이 벌어졌다. 수세에 몰린 형을 본 일곱 살짜리 작은손자 원진이가 득달같이 달려가서 형 앞에 버티고 섰다.

"우리 형인데 왜 그래?"

말만 그러는 게 아니라 싸울 듯이 폼까지 잡는다. 그런데 그 모습을 상상하면 절로 웃음이 나온다.

작은손자는 태권도 초보다. 그래서 허리띠도 분홍색이다. 그 아래로 하양, 노랑, 주황색 띠가 있다지만 꼴지에 가까운 실력이다. 게다가 체구도 작은 편이다. 하지만 큰손자는 반에서 키가 제일 크다. 태권도 도장에 등록한 지도 2년이 가까워 두 달 후에는 1품에 도전할 예정이다. 그런 형을 보호하겠다며 감연히(?) 나선 것이다.

그랬다. 그게 결과와는 상관없이 형을 돕겠다는 작은손자의 형제

애고 사랑이었다.

## 사랑하기 (3)

손녀가 초등학교에 입학한 지 얼마 되지 않았을 때, 한 달가량 할아버지 할머니에게 맡겨진 일이 있었다. 걸핏하면 어린이 유괴 사건이며 성추행 사건이 신경을 곤두세우게 하던 시절이었다. 하기야 손녀가 다니는 학교는 우리 아파트단지와 담을 겹치고 있어서 크게 걱정할 일은 아니었지만 그렇다고 해서 마음 놓을 수도 없다. 그래서 등하교시마다 손녀를 학교에 데려다주고 데리고 오는 일이 할아버지의 가장 중요한 임무가 되었다. 그런데 요 녀석, 할아버지의 보디가드 역할을 아주 싫어했다.

"혼자서도 다닐 수 있으니 따라오지 마세요."

할아버지가 마중 갈 때마다 입이 퉁퉁 부어 있던 손녀는 얼마 뒤부터 할아버지를 아예 못 본 척하며 동무들과 어울려 재잘거리며 걸어간다. 풀밭에 엎드려 예쁜 꽃도 찾고 작은 솔방울도 줍는다. 그런 다음에는 놀이터에서 미끄럼도 탄다. 그동안 할아버지는 소박데기처럼 멀찍이 떨어져서 지켜만 볼 뿐이었다.

손녀만 그랬던 것은 아니었다. 작은아들 집과 손자가 다니는 학교 사이에는 자동차가 질주하는 도로가 있다. 그래서 어멈은 매일같이 큰손자의 손을 잡고 횡단보도를 건네주었다. 아니나 다를까. 손자 역시 독립을 선언 했다. 저 혼자서도 갈 수 있다는 거다.

어쩌면 손녀와 손자는 할아버지와 엄마의 마중을 지나친 간섭으로 생각했을 수도 있다. 재미있게 놀 시간을 빼앗은 훼방꾼으로 여겼을 수도 있다. 그래서 더 짜증이 났을 것 같다. 하지만 험한 세상, 그 애들의 생각이 그렇다고 해서 저희들 뜻대로 내버려 둘 수도 없는 일 아닌가.

언제쯤일까? 손녀 손자가 할아버지와 엄마의 마중이 간섭이 아니라 염려였고, 염려가 곧 사랑이었음을 알게 되는 그날은…….

# 대장님, 나의 대장님

'oh captain my captain'
월터 휘트먼이 링컨 대통령에게 바친 헌시(獻詩) 중에서.

손녀가 7살이 되던 해 여름, 아범이 근무하던 회사의 하기 휴양지였던 남해 창선도의 '해뜨랑펜션'에서의 일화다. 우리 가족만 온 게 아니라 다른 직원 가족도 왔으니 어른은 어른들끼리, 아이들은 아이들끼리 어울렸다. 그 꼬마 중에 혜영이란 6살짜리 소녀가 유달리 손녀를 따랐다. 혜영이는 손녀가 눈에 띄기만 하면 "대장 대장" 하며 쪼르르 달려온다.

대장이란 소리가 어색했던 손녀,

"대장 대장 하지 마."

"대장보고 대장이라고 하지, 뭐라고 해?"

하며 끝까지 대장이란 호칭을 거두지 않았다.

손녀 역시 마냥 싫지는 않았던지 짬나는 대로 혜영이와 함께 놀았다. 우리 방에 놀러 왔다가 돌아갈 때도 꼭 혜영이 방 앞에까지 데려다주고 온다. 걱정스러워서 혼자 보낼 수가 없다는 거다. 그렇게 하여 7살짜리 대장과 6살짜리 부하의 짧은 인연은 남해 바닷가에서 아름답게 꽃을 피웠다.

사실 그 이전에도 손녀는 대장을 좋아했다. 소녀 검객 셋이 '푸른 장미 3총사'라는 이름으로 종횡무진 활약하는 만화영화를 보더니 그대로 따라 한다. 칼 대신 할아버지의 효자손을 높이 들고는 "나는 무적의 용사. 정의를 지킨다." 어쩌고저쩌고 호기롭게 외치면서 방바닥에서 탁자 위로, 탁자 위에서 소파 위로 신나게 뛰어다녔다.

그런저런 영향 때문일까. 초등학교에 입학한 손녀, 마음 맞는 친구 다섯이 모여 '푸른 장미 5총사'를 조직했단다. 그런데 문제가 생겼다. 다섯 꼬마 모두 자기가 대장을 하겠노라 고집을 부리는 것이었다. 그때 손녀가 중재에 나섰다. 그건 '모두가 대장'이라는 기발한 아이디어였다. 그리고 그 안은 만장일치로 채택되었다. 모두가 대장이면서 모두가 부하라는 등식은 프랑스의 소설가 '알렉상드르 뒤마'의 「삼총사」에 나오는 "모두는 하나를 위해, 하나는 모두를 위해"라는 좌우명을 닮았다.

그래선지 손녀가 좋아하는 만화의 서열도 여느 아이들과는 달랐다. 그 첫째는 여자들이 악당을 혼내 주는 '미녀 삼총사'류, 둘째가 모험과 전쟁을 그린 만화, 마지막이 코믹·순정 만화란다.

대장이라는 단어를 사전에서 찾아보면 흥미롭다. 군사적으로 분류하면 대장(大將)은 육해공군의 참모총장 즉 별 4개짜리 장군을 지칭하지만, 대장(隊長)은 한 대오의 우두머리를 뜻한다. 우리말의 대장과 유사한 영어의 캡틴(captain)도 육군의 대위, 해군의 대령, 배의 선장, 그리고 한 무리를 이끄는 리더의 의미다. 리더는 지도자, 지휘자, 수령의 뜻이니 혜영이가 손녀를 대장이라고 부른 것도 믿음직한 언니의 또 다른 표현일 게다.

무릇 대장이란 자리에는 그 계급에 상응하는 인품과 자질을 갖춘 사람이 앉아야만 어울린다. 그런 까닭에, 도깨비가 벼락감투를 씌워주지 않는 한 하루아침에 대장이 될 수는 없다. 유능한 대장이 되기 위해서는 주어지는 과정을 차근차근 밟고 오르며 능력을 배양시켜야 하니까.

손녀와 혜영이도 그런 과정을 거쳐 언젠가는 크고 작은 단체의 리더가 될 것이다. 아무쪼록 내 손녀는 '믿고 따를 수 있는' 그러면서도 '사랑함으로 사랑받는' 리더가 되었으면 좋겠다.

# 마음 읽기

 나는 좀처럼 선글라스를 쓰지 않는다. 자연의 빛과 색을 있는 그대로 보고 싶다는 단순한 욕심 때문이다. 그랬던 내가 선글라스로 눈을 가린 채 아들이 운전하는 승용차의 앞좌석에 앉아 있다. 칠칠찮게도 눈병에 걸린 탓이다.

 할아버지 때문에 뒷좌석으로 밀려난 작은손자 원진이가 앞자리로 넘어오지 못해 안달하고 있다. 그 마음을 할아버지가 왜 모를까. 하지만 눈병 옮길까 봐 부를 수도 없다. 참다못한 손자가 목을 길게 뺀 채 할아버지의 얼굴을 빤히 쳐다보며 "와! 할아버지 안경 멋지다!" 못 들은 척하자 이번에는 "할아버지 모자도 멋지다!" 야지랑을 떤다.
 할아버지가 좋아할 만한 말을 하면 앞자리로 옮길 수도 있다는 나름대로의 속셈이다. 태어난 지 32개월밖에 안 된 꼬마치고는 속이 멀쩡하다. 그에 비해 한 해 먼저 태어난 큰손자 원찬이는 단순하다. 원

하는 것이 있으면 고작 한다는 말이,

"너무너무 먹고 싶다.", "너무너무 갖고 싶다.", "너무너무 보고 싶다."며 '너무'를 남발한다. 쉽게 말해 애원이고 읍소다. 그러나 유치원에 가더니 달라졌다. 가지고 싶은 장난감이 있으면, "다른 친구들은 다 가지고 있는데 나만 없거든요. 또 얼마나 재미있는지 몰라요." 나름대로 자기주장을 펼치며 아빠 엄마 마음을 흔들곤 했다.

두 손자에 비해 손녀 지원이의 말재간은 공깃돌처럼 통통 뛴다. 큰손자와는 겨우 두 살 차이지만 그 두 살이라는 것이 어른들의 십 년 차이만 하다.

손녀는 다섯 살 때부터 마음 읽기에 남다른 재능⑺을 보여 주었다. 할머니를 따라 시장에 간 손녀가 감자와 옥수수를 파는 가게 앞에 딱 멈추어 섰다.

"지원이가 좋아하는 감자, 할머니가 좋아하는 옥수수가 있네. 둘 다 사세요."

값을 물어본 할머니가 멈칫거리자 장사꾼이 잽싸게 손녀 편을 든다.

"아따 손녀가 저렇게 원하는데 안 사고 우짤끼요."

하여, 그날의 특식은 삶은 감자와 옥수수가 되었다.

여섯 살이 되자 한술 더 뜬다. 손녀 손자와 함께 놀이터에서 놀고 있을 때였다. 까불며 뛰놀던 손녀가 느닷없이 동생을 불렀다.

"원찬아, 목마르지?"

아무 생각 없었던 손자가 얼떨결에 대답했다. "응."

그러자 손녀가 냉큼 되받았다. "할아버지, 원찬이 목마르대요."

손녀는 자신의 갈증을 동생 핑계를 대고 해결한 것이다.

일곱 살이 되자 손녀의 마음 읽기는 점입가경의 수준이어서 어떻게 말해야 상대방의 호감을 살 수 있는지를 알았다.

"할아버지, 지금까지 저와 재미있게 놀아 줘서 고맙습니다."

할아버지 귀에 이렇게 속삭이는가 하면, 할머니가 만들어 준 음식을 먹으며

"할머니와 단둘이 먹으니 너무너무 맛있다."

"할머니는 요술쟁이, 뭐든 맛있게 만드니까 요리 선생님 해도 되겠다."며 비행기를 태운다.


우리 아파트단지에는 옥외 수영장이 있다. 그래서 여름 한철, 아이들의 신나는 놀이터가 된다. 그러나 수질이 언제나 깨끗한 편은 아니다. 대부분의 꼬맹이들이 물속에서 실례를 하기 때문이다. 그것을 아는 어멈은 손녀를 풀장에 보내지 않았다.

"겉으로는 깨끗해 보이지만 물속에서 쉬야도 하고 독한 소독약도 넣으니까. 피부에 나쁘잖아." 그러자 손녀가 되받았다.

"엄마! 나 못 가게 하려고 일부러 그러는 거지. 다른 애들은 왜 가는데?" 며느리가 일곱 살 꼬마에게 마음을 들킨 것이다.

아들 내외와 손녀가 바닷가에 갔을 때란다. 돌 틈에서 잡은 작은 고둥과 게를, 가져갈까 살려 줄까 망설이고 있는 손녀의 마음을 읽은 어멈이 손녀에게 말했다.

"지원아, 잡은 것 모두 살려 주고 가자."

"싫어."

"게도 엄마 아빠가 있잖아. 아직 어린 꼬만데 집에 돌아가지 않으면 얼마나 걱정하겠어?"

한참 생각하던 손녀, "그래, 엄마 아빠가 최고야. 걱정하면 안 되지." 중얼거리며 모두 놓아주더란다. 마음 읽기에서 엄마가 승리한 경우다.


서로 접촉하여 감응하는 것을 교감(交感)이라 하고 교감은 나누는 것이다. 그러나 현대인들은 나눔에 대해 인색하다. 자기 마음 들키는 것은 싫어하면서 남의 마음 들여다보는 것은 즐긴다.

손녀 손자는 아직 어리다. 그래서 '마음 읽기' 또한 눈에 띌 만큼 서툴다. 상대의 마음을 얻기 위해서는 자신부터 먼저 마음을 열어야 한다는 단순한 진리도 모른다. 하지만 몸과 마음이 자라는 동안 스스로 깨우치게 될 것이다.

그렇다고 해서 아무에게나 자신의 속내를 들여다보이는 어리석은 짓을 해서도 안 된다. 험한 세상, 자칫하다가는 이용만 당하기 십상이니까. 진정으로 교감을 나눌 수 있는 사람을 얼마나 사귀었느냐에 따라 인생의 행복지수는 달라진다.


눈은 마음의 창(窓). 사람들은 눈을 보고 마음을 읽는다. 대다수의 사람들은 눈을 보호하거나 멋을 부리기 위해서 선글라스를 애용하지만, 숨길 게 많은 사람, 떳떳하지 못한 사람들도 선글라스를 즐겨 쓴다. 그때의 선글라스는 마음을 감추는 탈이 되니까.

문을 열어야만 안이 보인다. 마음과 마음의 소통, 그것이 우정이고 사랑이고 믿음이다. 그리고 그 사랑과 믿음이 닫힌 문을 열게 한다. 아무쪼록 내 손자 손녀는 가릴 것도, 부끄러울 것도 없는 환한 인생을 살아가기 바란다. 맑고 밝은 눈으로 보는 세상은 얼마나 아름다운가.

# 까마귀의 노래

산책하고 돌아오던 길이었다. 앞서 가는 모녀의 뒷모습이 어쩐지 눈에 익다. 아내가 "지원아!" 하고 불렀더니 일곱 살배기 손녀가 힐끔 돌아본다. 반색을 하는 며느리와는 달리 손녀는 시무룩하다. 눈가에 그렁그렁 맺혀 있는 눈물. 화가 나도 단단히 난 표정이다. 왜 그러느냐고 어멈에게 물었더니 갖고 싶다는 인형을 사 주지 않았더니 저런단다.

그쯤 되면 할아버지가 나설 수밖에 없다.

"우리 지원이, 왜 화가 났을까. 어떡하면 풀릴까?" 두 팔로 안고 등을 토닥거려 주었더니 기다렸다는 듯이 대성통곡이다. 할아버지가 유괴범으로 보였을까. 지나가던 행인들이 수상쩍다는 듯이 흘깃흘깃 돌아본다.

맞은편에 호떡집 간판도 보이고 편의점도 보인다.

"호떡 먹을래? 아니면 저 가게에 들어가 볼까."

손녀는 언제 그랬느냐는 듯이 눈물을 훔치고 편의점으로 나를 이끈다.

진열대와 진열대 사이를 돌아다니며 뭔가를 찾고 있던 손녀가 초콜릿 두 개를 들고 나왔다.

"똑같은 걸 두 개 사면 어떡해. 하나는 다른 것으로 바꿔."

"하나는 엄마 줄 거예요. 엄마가 제일 좋아하는 거니까."

그러더니 며느리의 손에 초콜릿을 쥐어 주며 말했다.

"자, 엄마 것 챙겨."

조금 전에만 해도 엄마가 미워서 퉁퉁 부어 있던 애가 거짓말처럼 효녀가 되었다.


우리 선조들은 효도야말로 어떤 가치관보다 우선하는 덕목으로 여겼다. 따라서 효도의 기준점도 여간 높은 게 아니었다. 그래서일까. 아버지 돌아가신 후 3년, 어머니 돌아가시고 또 3년, 벼슬까지 버리고 고향으로 내려와 산소 옆에 움막을 짓고 지극정성으로 시묘를 했던 정몽주. 어머니가 생시에 좋아하던 홍시 하나만 보아도 그리움으로 눈시울을 적셨던 박인로와 같은 실존 인물들.

눈먼 아버지를 위해 인당수 그 깊고 거친 물속으로 몸을 던진 심청. 아버지의 병을 낫게 하리라는 일념으로 칼산지옥, 불산지옥, 독사지옥 등, 8만 4천 지옥 저편에 있는 서천서역으로 목숨을 건 여행을 떠나는 바리데기공주를 비롯한 설화 속의 주인공쯤 되어야 효자의 반열에 오를 수 있었다.

조선 중종시절, 전라도 관찰사 유관이 올린 장계 속에 등장하는 효자 이야기는 충격적이다. 병에 걸린 부모를 구하기 위해서 손가락을 잘라 그 피를 마시게 하고, 대변 맛을 보고 병세를 진단하며, 종기를 입으로 빨아내고 자신의 허벅지 살을 도려내어 약으로 조제하는 등, 섬뜩하기까지 한 방법으로 자식 된 도리를 다했다.

　요즘의 부모들은 그처럼 극단적인 효도를 요구하지는 않는다. 시속이 변하고 인성이 메말라 감에 따라 효의 정의도 평가 절하된 까닭이다. 그렇다면 오늘의 부모들이 바라는 효도의 기준은 무엇일까.

　'선택된 가문'이라고 자부하는 집안의 전통은 알 수 없지만, 장삼이사들이 원하는 수준은 엇비슷할 것 같다. 「예기(禮記)」에 이른 것처럼 '겨울에는 따뜻하게 해 드리고 여름에는 시원하게 해 드리는 것. 잠자기 전에 부모님께 문안드리고 날이 새면 편히 주무셨는지 여쭙는 것'만으로도 만족해할 것 같다. 그 정도의 욕심마저 없는 사람이라면 '부모 속 썩이지 않고 제 앞가림은 제가 알아서 하는 자식' 정도일 게다.


　생김새가 칠흑같이 검고 울음소리 또한 흉측하다고 해서 까마귀를 싫어하는 사람도 많지만, 「삼국유사」에서는 '예언 능력이 있고 인간이 마땅히 해야 할 도리를 일깨워 주는 신비로운 새'로 기록하고 있다.

　중국 송나라 시대에 편찬된 「사문류취(事文類聚)」에는 반포지효(反哺之孝)라는 고사성어가 나온다. 늙어서 눈마저 멀어버린 어미 까마귀는 볼 수도 없고 먹이를 찾아다닐 기운도 없다. 그렇게 되면 다 자란 새끼가 먹이를 물어다 어미를 먹여 살린다는 고사에서 나온 말이다. 순수한 우리말로는 '안갚음'이라고 한다. 까마귀도 그러할진대 사람이라면 더 말할 나위가 없지 않을까. 엄마가 좋아하는 것을 따로 챙길 줄 아는 마음, 그것이 효도의 작은 실천이다.

요즘 손녀가 새삼스럽게 엄마의 다이어트에 관심을 가졌다. 많이 걷는 게 건강에 좋다는 소리를 어디서 들었던 모양이다. 그래선지 할아버지의 집에 올 때마다 13층까지 엄마의 등을 떠밀며 걸어서 올라온다. 며느리로서는 곤욕이 아닐 수 없다. 피곤하여 엘리베이터 앞에 서기라도 하면 손녀가 볼멘소리로 핀잔한다.

"엄마, 또 엘리베이터 타려고 그러지?"

손녀는 지금 효도하는 것일까. 아니면 엄마를 괴롭히고 있는 것일까. 아무러나 그 핀잔 소리를, 먹이를 찾은 뒤 어미를 부르는 까마귀의 노래로 듣는다면 13층 계단길이 좀 더 수월해질 것 같다.

# 꽃

손녀 지원이가, 엄마 아빠와 떨어져서 할아버지 집에서 반년 가까이 보낸 것은 첫돌이 막 지났을 때였다.

손녀는 잠의 요정이 눈꺼풀을 누르면, 머리카락을 손가락에 뱅뱅 감은 채 뒤척인다. 그리고 그 자세 그대로 잠들었다. 엄마 아빠와 떨어져서 지내야 한다는, 조금쯤은 두렵고 불안한 마음에서 그런 버릇이 생긴 모양이었다.

잠버릇이 그러다 보니 머리털이 빠질 수밖에 없다. 게다가 빠진 머리카락은 왜 그렇게 잘 먹었는지 모르겠다. 이리저리 방바닥을 살피다가 떨어진 머리카락이 보이면 별미라도 되는 양 잽싸게 주워 입에 넣는다. 미처 입에 넣지 못하면 할머니에게 들킬세라 주먹 속에 숨긴 채 시치미를 뗀다. 그래서 대변을 검사하면 심심찮게 머리카락을 발견할 수 있었다.

그랬던 손녀가 할머니의 머리에서 흰 머리카락을 찾고 있다. 일곱 살 고사리 손가락은 쉴 새 없이 곰지락거리며 머리를 뒤진다. 찾으면 환호성을 지른다. 뽑아서 증거물로 제시한다. 현상금은 한 개당 100원. 손녀는 그 돈을 모아서 갖고 싶은 인형을 사겠단다. 허나 상금보다는 뒤지고, 찾고, 뽑아내는 일 자체를 더 재미있어 했다.

나도 가끔 아내의 머리에서 백화(白花)를 골라내는 작업에 무보수로 동원되지만, 흰 꽃 하나에 검은 잎 서넛은 기본적으로 뽑혀 나오는 까닭에 아내는 나의 노력 봉사를 달가워하지 않는다. 그러나 손녀는 다르다. 앙증맞은 손가락으로 흰 머리카락만 족집게처럼 골라낸다. 손녀의 눈은 그만큼 밝고 손가락은 그처럼 섬세했다.

아내는 다 큰 딸에게 머리를 맡긴 엄마처럼 편하게 누워 손녀에게 머리를 맡기고 있다. 그건 몸을 맡기는 일이고 마음을 맡기는 것이었다.

오래전, 어머니의 흰 머리카락을 뽑아 드린 것은 누님과 막내아들인 나였다. 우리 손에 머리를 맡긴 어머니께서는 누운 채 세상 사는 도리를 일러 주셨고, 언젠가는 시집가서 며느리가 되어야 할 누님에게는, 며느리가 지켜야 할 예절이며 도리를 가르쳐 주시곤 했다.

누가 누군지 기억도 잘 나지 않는 친척들의 생활상이며 집안 내력, 일화를 들려주신다. 그래서 우리는 그 이야기를 통해 그분들을 일가친척으로 받아들일 수 있었다. 그러나 무엇보다 소중했던 가치는, 우리가 뽑아 드린 머리카락의 숫자만큼 어머니와 자식과의 정도 도타워졌다는 사실이었다.

'이모지년(二毛之年)'이라는 사자성어가 있다. 머리털의 색이 변하기 시작한다는 32살을 말한다. 하지만 나이 49세에 처음으로 새치를 발견하고 화들짝 놀란 아내는 그 머리카락을 뽑아 그날의 가계부에 테이프로 붙여 놓았다. 무슨 전리품처럼.

어느새 60대 중반을 넘어선 아내. 아직 머리숱은 검고 풍성하다. 그 때문에 염색이란 것을 모른다. 그래서 친구들로부터는

"어쩜 그럴 수 있느냐? 비법이 뭐냐?"는 질문과 함께 부러움과 시샘의 대상이 되고 있다.

그런 아내지만 어쩌다가 불청객처럼 나타나는 흰 머리카락을 발견하면 질색을 한다. 마치 아군 진영에 몰래 숨어들어 온 첩자라도 발견한 양 한사코 뽑아야만 직성이 풀린다.

사람은 자신이 먹은 나이의 수와 비례하여 늙어 간다. 아무도 그 공식을 피해 갈 수는 없다. 머리카락이라고 해서 다르지 않다. 늙으면 희어지기 마련이다. 그래서 결혼식 주례사에도 "검은 머리가 파뿌리 되도록"이라는 당부가 빠지지 않는다. 그런데도 대부분의 여인들은 백발이 되는 것을 병적으로 싫어한다.

자식과 남편 뒷바라지에 늙어 간다는 사실 그 자체마저 의식하지 못한 채 살아온 세월. 어느 날 문득 되돌아볼 때 느끼는 상실감. 이젠 좀 여유를 갖고 자기 자신을 위해 살아야겠다며 거울을 보았을 때 눈에 띄는 흰 머리카락이 던지는 충격음. 그 마음을 시원찮은 지아비들이 어찌 다 이해하겠는가.

하여, 머리 세는 것을 한사코 거부하는 아내의 마음 또한 여인이

누릴 수 있는 최소한의 사치로 보여 나무라지도 못하겠다. 그러나 언젠가는 이렇게 권해야 하지 않을까? 감추다 감추지 못하면 차라리 꽃이라 여겨 백발과 친구 되는 건 어떻겠느냐고…….

지금 할머니의 머리를 만지며 도란도란 정을 나누고 있는 손녀도, 세월 따라 소녀가 되고 여인이 될 것이다. 결혼하여 엄마가 되고 언젠가는 곱디곱게 늙은 할머니가 되어, 지금의 저만한 손녀에게 흰 머리카락을 찾아 달랠 게다. 그리고 추억이라는 이름의 빛바랜 일기장을 꺼내 들추어보다가 60여 년 전, 자신에게 머리를 맡겼던 할머니 생각이 문득 떠올라 아련한 그리움에 젖을지도 모르겠다.

정한과 그리움은 흘러간 세월만큼 쌓이는 법. 그리고 그 그리움은 때때로 추억이란 이름으로 꽃핀다.

# 무대 체질

"I love you 몽룡, Do you love me?"

무대 위에서 성춘향과 이몽룡이 사랑을 고백하고 있다.

이번에는 이별 장면이다.

"We will meet again. Please wait for me."

장면이 바뀌어 변 사또가 춘향을 안으려고 덤빈다. 변 사또의 가슴을 밀치며 완강하게 거부하는 춘향,

"I hate you."

화가 난 사또가 춘향을 옥에 가두라고 명령하자, 포졸들이 춘향의 목에 큰칼을 씌운 뒤 옥사로 끌고 간다. 포졸과 호흡이 맞지 않아 뒤뚱거리는 춘향. 신발이 벗어지고 판지를 잘라 만든 큰칼이 획 180도 회전하여 등 뒤로 돌아간다. 당황한 춘향이 얼른 신발을 주워 신고 큰칼을 앞으로 돌리더니 혼자 뛰어가서 제 손으로 옥사 문을 열고 들어간다. 포복절도하는 관객들.

손녀가 다니는 유치원 '코렘 어학원'에서 준비한 '잉글리시 콘서트'의 한 장면이다. 이 무대에서 일곱 살 손녀 지원이는 춘향 역을 맡았다. 연극이 끝난 후, 무대 밖으로 나온 손녀가 상기된 얼굴로 자랑했다.

　"선생님이 저보고 무대 체질이래요."

　"Lady's and gentleman, welcome to our english concert."
　'탐 엔드 제인' 유치원의 잉글리시 콘서트에서 턱시도까지 근사하게 차려입은 손자 원찬이의 무대 인사다. 손자는 콘서트의 사회를 맡았다. 그러나 다섯 살짜리 꼬맹이가 자기가 하는 인사말의 내용을 제대로 이해할 리 없다. 그저 선생님이 가르쳐 주는 대로 달달 외었을 뿐이다. 그런 점에서는 손녀 역시 다르지 않다. 그 긴 대사 중에서 몇 단어나 이해하고 있을까.

　왜 우리나라의 유치원에서는 우리말도 제대로 못하는 꼬마들을 동원하여 영어 콘서트를 경쟁적으로 열까. 그래야 괜찮은 유치원으로 대접받는단다. 그래야 학부모들이 줄을 선단다.

　그래선지 아름답고 뜻깊은 우리말 이름을 다 버리고 하나같이 영어 이름으로 도배를 하고 있다. 하기야 국영기업체의 이름조차 경쟁이나 하는 듯이 영어로 바꾸고, 가수 지망생들도 무대에만 서면 멀쩡한 이름을 버리고 이상야릇한 서양 이름으로 자신을 포장하는 마당에 유치원 이름 정도는 애교에 속할지도 모르겠다. 하지만 정말 이래도 괜찮은 것일까.

각설하고, 다시 손녀 손자 이야기. 춘향으로 변신하기 이전에도 손녀는 무대 체질이었다.

손녀는 세 살 때부터 몬테소리에서 제작한 유아용 음악비디오를 즐겨 보았다. 보는 것도 그냥 보는 것이 아니다. 화면에 영상이 뜨면, 할아버지가 책상 겸용으로 사용하는 탁자 위에 놓인 사전이며 원고지와 필기구를 싹싹 밀어 떨어트린 뒤 탁자 위에 올라가서 노래하고 춤춘다.

"엉금엉금 기어서 가자. 악어 떼가 나올라. 악어 떼."

"일곱 명의 아들이 있었는데요. 그중의 하나 키가 크고요. 나머지는 작대요."

신이 나서 탁자를 발로 탕탕 구른다. 땀이 줄줄 흘러도 모른다. 그러나 거실 바닥으로 내려오면 춤도 노래도 영 싱겁다.

작은손자 원진이도 제법 신명이 있다. 유행하는 게다리춤도 추고 두 손 싹싹 비비며 "쇼리 쇼리" 노래도 곧잘 부른다. 그러나 큰손자는 신명하고는 담을 쌓았는지 춤과 노래라면 질색이다. 만 원짜리 지폐를 흔들어도, 갖고 싶은 장난감을 사 주겠다고 꾀어도 눈웃음만 흘리며 배슬거린다. 그랬던 손자가 사회자가 되어 무대 위에 선 것이다. 무대는, 무대 위에 선 사람을 전혀 다른 사람으로 변하게 하는 마술의 공간이다.


"인생이란 걸어가는 그림자. 자기가 맡은 시간에는 무대 위에서 장한 듯이 떠들지만 그때가 지나면 잊혀 가는 가련한 배우일 뿐."

할아버지가 쓴 육아 수필

맥베드에서 셰익스피어가 한 말이다. 그래서일까. 무대 위에서 뽐내던 손자 손녀도 지금은 평범한 소년소녀로 되돌아갔다. 그러나 언젠가는 또 다른 배역을 맡아 무대 위에서 땀을 흘릴 것이다.

언어학자들은, 삶을 뜻하는 단어 'Life' 가운데 'if'가 들어 있는 것은 '인간에게는 무한한 가능성과 변화의 기회가 주어져 있는 까닭'이라고 설명한다. 그래선지 사람은 희망을 먹으며 산다.

손녀 손자에게 "앞으로 어떤 사람이 되고 싶냐?" 물었다.

1학년 손녀 "강하면서도 멋있고, 슬기로운 여자가 될 거예요." 그러다가 3학년이 되더니 세계 제일의 파티시엘이 되겠단다. 6학년이 되자 손녀의 꿈은 보다 구체적이고 현실적으로 바뀐다. 우선 안정적인 직장부터 구한 후, 소질을 살려 만화(웹툰)을 그리고 싶단다. 그래서 학교에 가면 일러스트를 열심히 배우고 있단다.

야구글러브와 공을 선물로 받은 6살 큰손자는 "야구선수 될래요." 그러더니 1학년이 되자 치과의사가 되어 치통을 앓는 엄마를 고쳐 주고 싶단다. 그랬는데 4학년이 되더니 그 효심 어디론가 보내고 다시 야구선수가 되겠단다.

5살 작은손자는 뜬금없이 "경찰!" 하고 소리쳤다. 아마 제복을 입은 경찰관의 모습이 멋있어 보였나 보다. 3학년이 되더니 이번에는 형처럼 야구선수가 되겠단다. 하지만 자아조차 제대로 자리 잡지 못한 꼬마들이다. 그런고로 성장하는 동안 그때그때 형성될 또 다른 자아가 '되고 싶은' 꿈으로 진화를 거듭할 것이다.

언젠가는 망각 속으로 사라질 존재가 인간이지만, 좀 더 오래 기억될 수 있는 길을 찾아보는 것은 어떨까. 그건 친구와 연인, 자식과 부모, 아내와 남편, 또 사회인으로서의 위치 등등, 인생의 무대에서 자신에게 맡겨진 역할을 어떻게 소화시키느냐에 달렸다.

오래 기억되는 이름, 그것은 자신의 인생에 최선을 다한 사람만이 얻을 수 있는 전리품이다.

# 수난기

손녀는 또래치고는 감기와 친했다. 하여, 걸핏하면 콧물을 흘린다. 그 때문에 애꿎은 아범과 어멈만 "애를 어떻게 키우기에 저러냐."는 핀잔을 들었다. 그러나 그건 어멈의 잘못만은 아니다. 그렇다고 해서 손녀의 몸이 허약한 탓도 아니었다.

활달한 성격의 손녀는 여느 아이들에 비해 운동량이 월등히 많았다. 이리 뛰고 저리 구른다. 온몸은 땀으로 젖었다가 식기를 반복한다. 그러니 부르지도 않은 감기가 자주 찾아올 수밖에 없다. 그런 손녀가 태어난 지 50개월이 되었을 때 처음으로 병원에 입원했다. 감기가 폐렴으로 도진 것이다.

병원에 자주 들락거려서 그런지 손녀는 주사 맞는 데는 아주 이력이 났다. 주사바늘만 보아도 울음을 터뜨리는 여느 아이들과는 달리 스스로 소매를 걷고 씩씩하게 팔을 내민다.

어디 감기만 그럴까. 네 살 때는 손가락에 화상을 입어 잘못되면 손가락을 굽힐 수 없을지도 모른다는 진단도 받았다. 엄마 아빠의 손에 매달려 그네를 타다가 팔도 빠졌다.

상큼한 봄날, 초등학교에 입학한 손녀의 첫 운동회. 100m 장애물 경기에서 손녀는 자기보다 키 큰 아이들을 모두 제치고 선두로 결승점을 통과했다. 신이 난 손녀는 1등 도장이 찍힌 손등을 이리저리 돌려 보이며 자랑한다. 그처럼 의기양양하게 학창시절의 문을 연 손녀였지만, 얼마 지나지 않아서 호된 신고식을 치르게 된다.

그해 여름, 외할아버지와 외할머니가 잇따라 별세하자 손녀에 대한 가족의 관심은 잠시 동안 멀어졌다. 그래서일까? 감기는 물론 수족구가 덮치더니 입 주위에는 물사마귀까지 생겼다. 그게 끝이었다면 좋겠지만 엎친 데 덮친 격으로 알레르기성 결막염까지 발병하여 두 달 남짓 무던히 고생했다.


태어난 지 열 달 된 큰손자가 병원에 입원했다. 장염이었다. 첫 입원 기간은 불과 3일이었지만 그 이후에도 입원과 퇴원을 반복한다. 수시로 장염이 재발했기 때문이다. 그러더니 초등학교 1학년 때는 가족끼리 소풍을 갔다가 허벅지가 찢어지는 사고를 당한다.

그 뒤를 이은 것은 작은손자다. 18개월밖에 되지 않은 녀석이 침대에서 뛰어내리다가 쇄골이 부러진 것이다. 게다가 머리까지 찢어져서 열 바늘 정도 꿰매기도 했다.

손자도 감기와 친한 것은 손녀 못지않았다. 큰손자가 감기를 앓으면 작은손자도 앓았고, 작은손자가 폐렴으로 입원하면 큰손자도 따라 입원했다. 노상 같이 뒹구니 전염되는 게 당연하다. 더구나 어린이병동은 면역력이 떨어지는 아이들이 입원한 후, 딴 병까지 얻어 나오는 곳 아닌가.

문제는 또 있었다. 한 녀석이 입원하는 동안 다른 녀석은 할아버지 집에 떼어 놓을 수 있다면 좋겠지만, 둘 다 한시도 엄마와 떨어지려고 하지 않았다. 하여, 떼어 놓고 싶어도 방법이 없었다. 그러니 큰 손자건 작은손자건 한 아이가 입원하면 어멈을 포함하여 세 사람이 같은 병실에서 홍역을 치른다. 그러니 아픈 손자도 손자지만 어멈이 죽을 지경이었다. 아이들이야 몸만 괴롭지만, 지켜보는 엄마 아빠는 몸은 물론 마음까지 아프니까.


자식이란, 꽃분에서 자라는 화초와 같아서 해마다 흙을 갈아 주고 거름도 넣어 주어야 한다. 지나치게 많이 넣은 거름은 오히려 화초를 병들게 하고, 턱 없이 모자라면 효과가 없다. 햇볕을 좋아하는 종류도 있고 싫어하는 종류도 있다.

물도 적당량만 뿌려 주어야 한다. 많이 주면 뿌리가 썩고 적게 주면 말라 죽는다. 이런저런 조건이 다 맞을 때, 튼실하게 자라서 꽃이 피고 씨가 여문다. 아이들도 마찬가지다. 그리고 부모는 그 조건을 맞추어 주기 위해 수고를 아끼지 않는다. 그런데도 제가 무슨 야생화라도 되는 양, 저 스스로 자라 성인이 된 것으로 착각하는 철딱서니 없는 젊은이들을 자주 보게 된다. 그들은 말한다.

"부모가 나한테 해 준 게 뭔데?"

주어진 여건에 따라 그 농도가 달라질 수는 있겠지만 어느 부모가 자식을 사랑하지 않을까. 어느 자식이 부모 애먹이지 않고 자랐을까. 그들은 그걸 뻔히 알면서도 잠재의식 속에 들어 있는 아버지의 한숨과 어머니의 눈물을 애써 지워 버린다. 제 잘못은 외면하고 부모 탓만 한다.

　태어난 지 37개월이 된 손녀가 할아버지와 공놀이를 하다가 손가락을 다쳤다. 꽤 아팠는지 한참 동안 찡그리고 있더니 어른처럼 말했다.
　"다행이야. 다른 쪽 팔은 쓸 수 있어."
　기특하다. 긍정적인 마음이 상처도 빨리 아물게 하니까.
　병원과 담쌓고 사는 아이는 없다. 그렇지만 나는 손자 손녀가 언제나 몸 튼튼 마음 튼튼하기 바란다. 물론 다칠 때도 있을 것이다. 아이들이란 싸우고 다쳐 가면서 성장하니까. 하지만 그럴 때마다 가슴앓이를 하는 부모의 마음은 언제쯤 이해할 수 있을까. 어쩌면 저 애들이 어른이 되어 자식을 키워 봐야 그 마음을 알게 될지도 모르겠다.

# 미운 일곱 살

눈에 넣어도 아프지 않을 만큼 사랑스럽던 자식도 예닐곱 살이 되면 천덕꾸러기 대접을 받는다. 그래서 '미운 일곱 살'이다. 엄마 아빠 말이라면 무조건 믿고 따르던 아이들도 그 나이쯤 되면 시큰둥한 반응을 보이고 걸핏하면 토를 단다. '그게 아닌데' 하는 의문이 생기면 따지고 반박한다. 야단이라도 치면 억울하다는 듯이 불평하고 대꾸한다. 사회성이나 도덕적 기준에 대해 나름대로의 자아가 형성되기 시작하는 시기이기 때문이다.

미운 일곱 살의 시작은 어른들의 말에 거부반응을 보이는 것으로부터 시작된다. 손녀의 경우, 다섯 살이 되면서부터 그 조짐을 보였다. 할머니가 그림책에 나오는 예쁜 공주를 가리키며,

"얘 참 예쁘지?" 하면 "아뇨, 못생겼어요."

"착해 보이잖아." "아니요, 못나고 미운 공주예요."

아마 할머니가 자기보다 공주를 칭찬하는 것이 못마땅했던 모양

이다.

　손녀의 삐딱함은 일곱 살이 되자 절정에 달했다. 남해 창선도에서 여름휴가를 보내고 돌아오던 길이었다. 심심했던지 손녀가 아빠에게 휴대전화를 빌려 달란다. 그 전화기에는 희한하게도 강아지와 이야기하는 기능이 들어 있었다.

　손녀가 "바보야" 하면 강아지도 "바보야" 하고 따라한다. 신이 난 손녀,

　"난 네가 미워." "넌 정말 못생겼어."

　강아지도 따라한다. "난 네가 미워" "넌 정말 못생겼어"

　듣다 못한 아범이 한마디 했다.

　"그건 네가 너보고 못생겼다고 흉보는 거야."

　할아버지도 거든다.

　"'넌 너무 예쁘고 사랑스러워.' 해 봐. 그러면 강아지도 널 보고 예쁘다 할 텐데."

　그러나 할아버지의 말이 땅에 떨어지기도 전에 손녀가 되받았다.

　"넌 정말 바보 같아."

　이럴 때 필요한 것이 발상의 전환이다. 즉 허를 찌르는 것이다. 할머니가 신난다는 듯이, "드디어 할머니도 손녀 자랑할 게 생겼네. 지금 지원이가 하는 말, 할머니 친구들에게 얘기해 주면 모두 칭찬하겠지?" 그러자 손녀의 표정이 금세 변한다.

　"하지 마세요."

　"그래도 할머니가 자랑할 건 그것뿐인데?"

"안 하면 되잖아요."

단숨에 항복하는 손녀, 뭐가 좋고 나쁜지 뻔히 알면서 저런다.

선현들은, 사람이 사람을 대할 때는 거울에 비친 자기 얼굴을 보는 것과 같이하라고 했다. 내가 웃으면 거울 속의 얼굴도 웃고, 내가 찡그리면 거울 속의 얼굴도 찡그린다는 그 평범한 진리를 손녀는 언제쯤 깨닫게 될까.


내성적인 성격의 큰손자는 일을 저질러 놓고도 좀처럼 잘못했다고 빌지 않는다. "잘못했지?" 다그치면 돌아오는 대답은 언제나 "아냐!" 화가 난 어멈이 매를 들면 그제야 잘못을 인정한다. 그러더니 나이를 먹을수록 더 가관이다.

여섯 살 때다. 큰손자가 아빠에게 야단을 맞고 있다. 아범이 왜 그랬느냐고 다그치지만 한마디 변명도 하지 않는다. 그저 불만 가득한 얼굴로 빤히 바라만 볼 뿐이다. 그 표정에는 '내가 뭘 그렇게 잘못했느냐?', '모르면서 왜 야단만 치는가.' 등등의 원망이 가득 담겨 있다. 드디어 반항기에 들어선 것이다.

그런가 하면 작은손자는 매를 들기도 전에 울면서 변명한다. "형아하고 같이했는데 왜 나만 야단쳐요." 하는 식이다. 하지만 하고 싶은 말은 다한다. 어멈이 무얼 잘못 알고 작은손자를 야단친 일이 있었다. 나중에 사실을 알게 된 어멈이 미안하다고 사과하자 "엄마, 미안하다면 다야?" 하고 따지고 들었다.

야단치는 방법도 여러 가지다. 단박에 매부터 드는 불호령 타입이 있는가 하면, 매를 들고 으르지만 때리지는 않는 엄포형도 있고 말만으로도 눈물을 쏙 빠지게 하는 훈계형도 있다.

우리 집의 경우, 큰아들은 손녀가 잘못하면 아무도 없는 옆방으로 불러 왜 잘못했는지 조곤조곤 설명하여 납득시킨 후, 다시 그러지 않겠다는 약속을 받아낸다. 그리고선 아무 일도 없는 척 거실로 돌아온다. 반면에 성격이 급한 편인 작은아들은 엄포형이다. 아빠의 화난 표정 앞에서 손자는 눈물을 뚝뚝 흘리며 부끄러워한다. 그래선지 야단의 효과는 보다 오래가는 것 같다. 어떤 게 더 좋은 방법일까?

옛말에 '부모는 자식의 거울'이라고 했다. 그 누구보다 가까운 아빠와 엄마의 말과 행동을 지켜보면서 그대로 따라 하기 때문이다. 그런 고로 말 한마디, 몸짓 하나까지도 자식 앞에서는 신경을 써야 한다. 그렇다면 아이들이 하는 짓이 마음에 들지 않는다고 해서 무조건 야단만 칠 일은 아니다. 이해와 설득이 병행할 때, 그 효과가 극대화되기 때문이다.

편식을 하는 초등학교 1학년짜리 큰손자에게, 아범이 왜 골고루 먹지 않느냐고 꾸중하자 손자가 억울하다는 듯이 항의했다.

"나보고는 골고루 먹어야 한다고 야단하면서 아빠는 왜 미역국의 미역은 모두 건져 내고 국물만 마시는데요?"

해조류를 싫어하는 아범, 손자의 맞받아치기에 정통으로 걸려들었다. 오호라! 이 일을 어찌하면 좋을꼬. 정말 부모 노릇 제대로 하기 힘든 세대다.

아직은 철없는 우리 집의 꼬맹이들. 저들 딴에는 알 건 다 안다는 듯이, 저 혼자서도 잘할 수 있다는 자신감에 넘쳐 간섭을 싫어하지만 이제 일곱 살을 지나 열 살, 열두 살, 그렇게 나이가 들어가면서 새로운 자아를 다듬어 갈 것이다. 미운 일곱 살은 미우면서도 사랑스러운 나이다. 자아가 형성되기 시작하는 기특한 나이다.

# 할머니 것은 내 것

성경을 읽기 위해 촛불을 훔쳤다면?

책 도둑은 도둑일까, 아닐까?

한동안 종교계와 사회 일각에서 화제가 되었던 논쟁이다. 결국 이 논쟁은 '목적이 좋다면 수단은 무시해도 좋다' 또는 '아니다'로 귀결된다. 물론 법적으로는 유죄겠지만, 인간적인 판단 기준은 사람에 따라서 다를 수밖에 없으니 정답은 없다고 보아도 좋겠다. 어떻거나 독서의 중요성은 시대를 초월하여 누누이 강조되고 있다.

공자는 위편삼절(韋編三絶), 즉 가죽으로 맨 끈이 세 번이나 끊어질 정도로 역경(易經)을 탐독했고, 중국 후한의 학자 동우는 아무리 어려운 책일지라도 백번을 읽으면 뜻은 저절로 깨닫게 된다는 독서백편의자현(讀書百遍意自見)을 교육의 첫 번째 덕목으로 삼았다. 요즘 말로 표현하자면 '책 속에서 길을 찾아라.'라는 뜻이리라. 그러나 전철을 타고 하루 종일 다녀도 책 읽는 사람 만나기가 어려운 것이 오늘의

할아버지가 쓴 육아 수필

현실이다.

손녀와 손자가 자라는 것을 지켜보면서 백여 권의 동화책과 위인전을 구해 거실 장식장 위에 진열해 놓았다. 할아버지 집에 놀러온 아이들이 짬나는 대로 읽어 주기를 바라는 마음에서였다. 또 탐나는 책이 있으면 가져가도 좋다고 허락했다.

그러나 이 녀석들, 처음에는 호기심에서 네댓 권 들춰 보더니 나중에는 관심도 갖지 않는다. 가져가라고 해도 고개를 흔든다. 책은 저희 집 책장에도 가득한데 할아버지 집까지 와서 읽기는 싫다는 것이다. 그런 연유로 해서 우리 집에는 슬프게도(?) 책 도둑이 없다. 그 대신 손녀 손자가 탐내는 것은 따로 있었다. 그것도 아주 엉뚱한 것이다.

훔친다는 것은 탐난다는 것이고 탐나기 때문에 유혹을 받는다. 그래서 몰래 가져간다. 김연아 선수가 피겨스케이팅으로 세계를 주름잡고 있을 때다. 여덟 살 손녀와 여섯 살 큰손자, 그리고 다섯 살 작은손자는 할머니 집에 있는 등긁이(효자손)를 그렇게도 탐냈다. 생김새가 스케이트를 연상시켰나보다.

애들은 등긁이를 발밑에 깐 뒤, 스케이트 타는 흉내를 내며 거실 바닥을 아이스링크 삼아 휘젓고 다닌다. 서로 먼저 타겠다고 다툰다. 그뿐이면 좋으련만 집에 갈 때는 몰래 가져가기 위해 할머니의 눈치를 본다. 숨긴 게 들켰을 때, 아이들의 반응은 서로 달랐다.

큰손자는 그냥 시무룩하지만 작은손자는 대성통곡을 한다. 그리고 손녀는 쑥스럽게 웃으며 사태를 얼버무린다. 난감해진 할머니로서는 아이들의 숫자만큼 등긁이를 사서 나누어 줄 수밖에 없었다.

큰손자가 탐내는 것은 또 있었다. 축구공과 테니스공 등, 공 종류다. 그건 머슴애라서 그렇다 치더라도 이해할 수 없는 것은 연필에 대한 욕심이다. 올 때마다 두어 자루의 연필을 몰래 챙긴다. 연필이 없어서 그런가 싶어 어멈에게 물었더니 집에 많이 있는데도 저런다며 혀를 찬다.

연필 도둑은 책 도둑과 무언가 일맥상통한다. 어쩌면 멀지 않은 장래에 우리 집안에 불세출의 서예가나 학자가 탄생할지도 모를 일이다.

나이 차이 때문일까. 세 아이 중에서 가져간 물건을 가장 잘 활용하는 아이는 손녀다. 조금만 이상하고 신기해도 욕심을 낸다. 작고 예쁜 상자, 그림엽서, 장식용 복조리, 예쁜 포장지, 미니 구두칼, 할머니가 만든 꼬마 방석, 심지어는 키친타월의 단단한 속고갱이까지 탐냈다.

아내는, 아이들이 탐내는 그런 물건쯤이야 하나도 아까울 게 없다고 말하면서도 "할머니 것은 내 것"이라는 인식을 심어 줄까 봐 걱정이다.

손녀는 그렇게 가져간 물건을 자기만의 보물 상자에 넣어 보관했다. 그리고 가끔 꺼내 예쁜 종이컵도 만들고 입체 카드를 만들어서 할머니에게 선물한다. 그 작은 손을 조몰락거려서 만든 휴대폰 고리를 매달아 주기도 했다. 가져갈 때는 대수롭잖은 물건이었지만 손녀의 손을 거치면서 새롭게 탄생한 것이다.

아마 그 또래의 아이들에게는 호기심이 상상력이고 상상력이 창의력을 향상시키는 모양이다. 할머니 집에서 가져간 잡동사니를 사용하여 창작 활동을 할 수만 있다면 무엇이 아까울까. 애들아, 할아버지 할머니가 눈감아 줄 테니 필요한 것 있으면 다 가져가렴.

철이 들어서 그런지, 할머니 집에는 더 이상 탐나는 것이 없어서 그런지는 알 수 없지만 우리 꼬맹이들도 학교에 입학하더니 달라졌다. 할머니 집에 와서 욕심 부리는 일이 없어진 것이다.

할머니가 주면 "고맙습니다." 인사하고 가져가지만, 뭐 없을까 하고 두리번거리지는 않는다. 아마 '몰래 가져가기'도 한때의 충동인 모양이다. 그렇다면 우리 아이들의 그 '몰래' 버릇은 할아버지와 할머니의 추억 속에서만 오래 남아 있을 것 같다.

# 3

## 학교 가는 날

초등학교 선생님이 조사한 바에 의하면, 학생들이
가장 듣기 싫어하는 말은 공부해라, 빨리 자라, 빨리
해라, 뛰지 마라였고 개중에서도 '공부해라'는 말이
제일 듣기 싫단다.

## 어른이 될까 말까

정월대보름날 아침, 아들과 두 손자가 인사차 들렀다. 그런데 환하게 웃는 일곱 살 작은손자와는 달리 여덟 살 큰손자의 표정은 시무룩하다. 왜 저러느냐고 물었더니, 부름을 깨면서 귀밝이술도 조금 맛보라고 했더니 그런단다.

같은 몸에서 태어났지만, 큰손자와 작은손자의 입맛은 너무 다르다. 귀밝이술을 맛본 작은손자는 맛있다며 입맛을 다셨고 엄마가 마시는 커피도 조금만 달라고 보챈다. 그뿐이랴, 여러 가지 사탕을 내놓고 고르라고 하면 커피사탕만 챙긴다.

큰손자는 귀밝이술이 혀끝에만 닿았는데도 소태라도 씹은 양 찌푸렸고 커피 같은 건 냄새도 맡기 싫어한다. 그래서일까. 여느 아이들과는 달리 빨리 커서 어른이 되고 싶다는 욕심은 없어 보인다. 그러나 작은손자는 빨리 어른이 되고 싶단다. 왜 어른이 되고 싶으냐고 물었더니 대답이 가관이다.

"아빠처럼 시원하게 맥주 마시고 싶어서요."

아뿔싸, 이 일을 어찌하면 좋을까. 그 녀석 벌써부터 할아버지를 은근히 걱정스럽게 한다.

손녀가 네 살 나던 해, 아내의 생일을 축하하기 위해 외식할 때였다. 아범이 손녀를 위해 앞 접시를 추가로 주문하자 홀 서빙 아주머니가 주방 쪽을 보고 소리쳤다.

"애기 주게 앞 접시 하나 주세요."

그 소리를 들은 손녀, 대뜸 하는 말이

"나는 애기가 아니라 장지원 어린이예요."

하고 또박또박 이의를 제기했다. 애기 소리가 듣기 싫었던 모양이다. 그건 빨리 자라고 싶다는 의사표시이기도 했다. 그랬던 손녀가 열 살이 되더니 이번에는 어른이 되기 싫단다.

"나는 어른이 되기 싫어요. 나이 먹으면 빨리 죽잖아요."

손녀는 할아버지와 할머니의 모습 속에서 늙고 병들면 죽을 수밖에 없는 생로병사의 법칙이며, 어른이 되면 어쩔 수 없이 져야 할 무거운 책임과 의무에 대해서 막연한 두려움을 느끼는 모양이다.

그런 손녀도 때때로 어른이 되고 싶다며 비명을 질렀다. 빨리 어른이 되어 수학 시험에서 해방되고 싶어서란다. 손녀에게 수학 시험은 그렇게 싫어하는 어른이 되는 한이 있더라도 피하고 싶은 고역이었나 보다. 안쓰러워 마음까지 짠해진다.

어렸을 때 우리가 본 어른은 선망의 대상이었을 뿐만 아니라 절대 권력을 가진 초능력자 같았다. 그러나 몸과 마음이 자라는 동안 사랑과 우정, 믿음과 배신, 이룰 수 없는 꿈에 대한 좌절 등등, 피할 수 없는 성장통을 겪으면서 어른을 보는 눈이 달라지기 시작한다.

　가장(家長)이라는 책무를 다하기 위해 온갖 수고를 마다하지 않는 우리네 아버지들의 피곤한 일상을 보면서 어른이라는 존재가 결코 좋기만 한 것은 아니라는 것, 무조건적인 선망의 대상은 아니라는 것을 배웠기 때문이다. 그래선지, 많은 청소년들은 어른이 되기보다는 그냥 그 자리에 머물고 싶어 한다.

　영국의 극작가이자 소설가인 '제임스 매슈 베리'의 소설 「피터팬」에 나오는 '네버랜드'는 환상의 나라다. 그래서 그 세계에서 살고 있는 피터팬은 영원히 어른이 되지 않는다.

　이 작품은 성장을 거부하는 인간 본성을 그린 것으로서, 어른이 된 후에도 사회에 적응하지 못해 어린애 같은 행동을 하는 사람들을 일컬어 '피터팬신드롬'이라는 신조어까지 탄생시켰다. 그러나 현실세계에서 네버랜드는 없다. 누구든, 원하든 원하지 않든 간에 언젠가는 어른이 될 수밖에 없으니까.

　따라서 빨리 어른이 되고 싶어 하는 작은손자도, 어른이 되기 싫어하는 손녀도, 또 그런 문제에 대해서는 무관심한 큰손자도 언젠가는 엄마 아빠가 되고 할아버지 할머니가 될 게다. 그렇다면 나는 내 손자 손녀가 어떤 어른이 되기를 바라고 있을까.

아이들의 미래를 점치는 말로 '될성부른 나무는 떡잎부터 알아본 다.'라는 옛말이 있다. 크게 될 나무나 사람은 어릴 적부터 무어가 달 라도 다르다는 뜻이다.

그런가 하면 동가구 동가척(東家丘 東家跖)이란 고사성어도 있다. 공 자와 같이 위대한 인물도 한집에서 살다 보면 평범해 보이고, 흉악한 강도인 도척도 같이 먹고 같이 뒹굴다 보면 나쁜 사람으로는 보이지 않는다는 뜻이다.

미래를 예측하기란 그만큼 어렵고 인간 됨됨이를 제대로 관찰하기 위해서는 혜안과 예지가 있어야 한다는 의미다. 하지만 그런 통찰력 이 없는 보통 사람인 내 눈에는 손자 손녀 모두 기특하고 착해 보인 다. 지금은 개구쟁이지만 어른이 된 후에는 단단히 제 몫을 할 것 같 다. 할아버지표 '고슴도치 사랑'이다.

욕심 같아선 역사에 한 획을 그을 만큼 위대한 인물로 성장하면 좋 겠다. 그게 과하다면 과학이든 예술이든 한 분야에 매진하여 전문가 가 되어도 좋겠다. 또 있다. '나다니엘 호슨'이 쓴 「큰 바위 얼굴」의 주인공 '어네스트'처럼 주위의 모든 사람들로부터 사랑과 존경을 받 는 인물이 된다면 더 좋지 않을까.

할아버지의 희망이 무엇이든 간에 손자 손녀는 자신의 꿈을 이루기 위해 뚜벅뚜벅 걸어갈 것이다. 그리고 나는 그 꿈이 이루어지는 과정 을 가만히 지켜볼 것이다.

꿈을 꾼다고 해서 모든 꿈이 다 이루어지는 것은 아니다. 하지만 꿈마저 꾸지 않는다면 아무것도 이루어지지 않는 법이다. 그렇다면 그 애들의 모습을 보며 내일을 꿈꿀 수 있는 나는 행복한 할아버지다.

# 자존심

유치원에서 합창 연습을 마치고 돌아온 손녀의 얼굴이 퉁퉁 부어 있다. 웬 심술이냐고 물었더니, "내일부터 유치원에 안 갈 거야." 폭탄선언을 한다.

이유는 단순했다. 합창 대회를 준비하는 동안 가장 열심히 노력한 아이에게는 특별상을 주기로 했는데 엉뚱한 아이가 상을 받았단다. 매사에 적극적어서 내심 자기가 제일 잘했다고 생각하고 있었던 손녀로서는 실망이 이만저만 아니었던 모양이다. 그러니 그런 엉터리 선생님이 있는 유치원에는 가고 싶지 않다는 것이다.

소식을 들은 선생님이 득달같이 달려와서 해명했다. 손녀가 다른 아이들보다 열심히 한 건 맞지만, 이번에 상을 받은 아이는 늘 기가 죽어 있는 소심한 아이란다. 그래서 의욕을 북돋아 주기 위해 상을 준 것이니 화내지 말라고 달랜다. 하지만 고집을 꺾지 않는 손녀.

선생님은 다른 명목으로 손녀에게도 상을 주겠다고 제안했지만 그것도 싫단다. 6살 꼬마치고는 대단한 고집이자 자존심이다. 그날부터 손녀는 정말 유치원에 가지 않았다. 결국 엄마 아빠의 엄포성 설득 끝에 유치원에 다시 나간 것은 그로부터 일주일이나 지난 뒤였다.

요즘은 유치원이나 집에서 초등학교 1학년 과정 정도는 미리 가르친다. 큰손자의 유치원 시절이었다. 그런데 요 녀석 고집도 여간 아니다. 어멈이 산수 문제를 내주었더니 틀린 게 많다. 왜 틀렸는지 조곤조곤 설명했지만 손자는 인정하지 않았다. 제가 쓴 답이 정답이라는 것이다.

답답해진 어멈이 화를 내자 저도 화를 낸다. 그러더니 자존심이 많이 상했는지 "엄마 바보, 똥꼬 바보!" 하고 외치더니 밖으로 휙 나가 버렸다. '방귀 뀐 놈이 성낸다.'는 속담 그대로다. 틀린 것은 자기가 아니라 엄마라고 고집하는 터무니없는 자존심은 도대체 어디에서 나온 것일까.

초등학교 3학년 손녀가 수학시험 문제지를 받아 왔다. 보니, 어려운 문제는 다 맞고 쉬운 문제는 틀렸다. 어멈이 화를 내자 손녀는 이렇게 대꾸했다.

"쉬운 문제를 틀렸으니 내가 나한테 화를 내야지, 엄마가 왜 화를 내는데?" 화도 나고 창피하기도 해서 자존심이 많이 상했나 보다.

남에게 굽히지 않고 스스로의 가치나 품위를 지키려는 마음을 자존심이라고 한다. 자존심이 없는 사람은 물렁물렁한 무골충 같은 사람이다. 그래서 자기 자신을 하찮게 여긴다. 그런 사람을 누가 제대로 대접할까. 그렇다고 해서 지나친 자존심도 문제다. 그들은 대단한 것을 혼자 가진 것처럼 으스댄다. 권위를 지키기 위해 고집부리고 불평하고 화낸다. 걸핏하면 주위 사람들과 다툰다.

자신감이란, 어떤 일을 스스로의 능력으로 충분히 감당할 수 있다고 믿는 마음이다. 자신감이 없는 사람은 부정적이다. '난 할 수 없어', '잘 못해', '안 될 거야' 등등, 패배의식에 젖어서 산다. 그러나 자신만만한 사람은 긍정적이다. 그래서 '할 수 있다'는 의욕이 넘친다.

자존심과 자신감, 학교나 사회생활을 원활하게 하려면 둘 다 필요하지만 지나쳐도 곤란하다. 저 혼자 잘난 아이가 되어 친구로부터 외면당하기 쉬운 까닭이다. 소위 말하는 왕따가 되는 것이다. 뒤처지면 바보 같아 보이고 앞서 나가면 눈에 거슬린다. 그렇다면 어떻게 해야 할까. 앞서가되 너무 나서지 않는 것. 그게 친구들과 어울리는 좋은 방법 중의 하나일 것 같다.


우리 세대의 학창시절에는 '왕따'라는 말 자체가 없었다. 같은 반 급우 모두가 한 가족처럼 어울렸던 것은 아니었지만 그 차이라고 해봐야 '좋아하는 친구'와 '덜 좋아하는 친구' 정도였다.

장애를 가진 친구도 그랬다. 배척하거나 멸시하기보다는 어떻게 하면 도와줄 수 있을까를 더 궁리했다. 물론 그 시절에도 악동은 있었다. 그러나 악동은 악동이었지만 의리 있는 '척'이라도 하는 순진한 악동이었다. 그러나 요즘 아이들은 다르다. '왕따 시키기'란 희한한

병에 감염되었기 때문이다.

개인이 개인을 괴롭히는 것이 아니라 집단이 개인을 괴롭힌다. 그 수법도 장난이 아니라 학대에 가깝다. 왜 순수해야 할 영혼이 갈수록 사악해져 가고 있을까. 여러 원인이 있겠지만 그중의 하나는 이렇게 될 때까지 나 몰라라 내버려 둔 어른들의 잘못이다.

남의 자식은 업신여기면서도 자기 자식만은 끔찍하게 아끼는 부모가 자신밖에 모르는 이기적인 아이를 만들고, 무례한 부모의 모습을 보면서 자란 아이가 무뢰한이 되는 것과 같은 이치다.

요즘 초등학교 학생 셋 중에서 하나는 친구가 없다고 한다. 따돌림을 당하거나 무시당하는 아이가 그만큼 많다는 이야기다. 분위기가 그러니 손자 손녀의 학교생활이 궁금하지 않을 수 없다.

휜칠한 키에 잘생긴 외모의 큰손자와 활달한 성격의 손녀는 걱정이 덜 되지만 또래에 비해 체격이 작아 보이는 작은손자는 은근히 걱정스럽다. 하지만 생각보다는 잘 어울리는 모양이다. 특히 초등학교 1학년인 작은손자는 사교적인 성격으로 인기몰이를 하고 다닌단다. 벌써부터 키 큰 친구들의 보호를 받고 있다니까. 그 보디가드들의 구호는 '귀여운 원진이는 우리가 지킨다.' 마치 펜클럽을 거느린 인기 연예인 같다. 고마운 일이다.

좋은 친구를 사귀기 위해서는 성실하고 밝은 마음으로 친구를 대해야 한다. 남을 사랑할 줄 아는 사람이 다른 사람의 사랑도 받는 법이니까.

친구가 많다는 것은 좋은 일이다. 하지만 어중이떠중이 모두 어울려 다니는 것도 문제다. 자칫하다가는 나쁜 아이들에게 묻어 있는 불순물에 오염될 수도 있으니까. 어떻게 하면 제대로 보호할 수 있을까.

# 공부에 대하여

'오늘 걷지 않으면 내일은 뛰어야 한다.' 영국 속담이다. 오늘 걷는다는 것은 내일을 위해 준비한다는 뜻이고, 내일은 뛰어야 한다는 말은 준비하지 않은 사람의 때늦은 후회를 의미하지 않을까. 학생들의 공부도 마찬가지다.

배움에 대한 금언은 동서고금을 막론한다. 셰익스피어는 '무식은 신의 저주'라는 극단적인 표현을 남겼고, 퇴계 이황 선생은 '학문을 닦는 것은 거울을 닦는 것과 같다.'며 공부의 목적에 대해 일러 주셨다. 거울은 자신의 모습을 있는 그대로 보여 주니까. 어디 그뿐이랴, 공자께선 배움의 즐거움에 대해 '배우고 때로 익히면 또한 기쁘지 아니한가.' 하셨다.

하지만 초등학교 선생님들이 조사한 바에 의하면, 학생들이 가장 듣기 싫어하는 말은 공부해라, 빨리 자라, 빨리해라, 뛰지 마라였고 개중에서도 제일 듣기 싫은 말은 '공부해라'였단다.

성현들은 열심히 공부하라고 이르고 학생들은 싫어한다. 그러나 내일을 생각한다면 아무리 싫어도 해야 할 것이 공부다. 초등학생이야 철이 덜 들어서 그렇다고 치자. 고등학생이나 대학생이라고 해서 공부가 즐겁기만 할까? 모르긴 해도 아주 적은 수를 제외한다면 대부분의 학생이 고개를 저을 것 같다.

초등학교에 입학한 손녀도 여느 아이들과 다르지 않았다. 공부하는 것을 싫어하지는 않았지만 즐겨 하지도 않았다. 그 보다는 공작과 음식 만들기를 더 좋아한다. 할머니를 따라 만두를 빚는다. 동지팥죽을 끓일 때면 새알은 혼자서 다 비빌 기세로 덤빈다. 명절이 되면 아예 앞치마까지 입고 나서서 전이며 튀김에 밀가루 옷을 입힌다. 할머니 생신날이면 직접 만든 동그랑땡을 선물로 가져오기도 했다.

2학년 때다. 방학숙제가 다 끝났는데도 아직 남았다고 우겼다. 무슨 숙제냐고 물었더니 '좋아하는 요리 다섯 가지 만들어 보기'란다. 그런 숙제가 어디 있느냐고 따졌더니 "없지만 해도 좋은 숙제"라고 얼버무린다.

기특한 때도 있었다. 1학년 여름방학이 시작되자 엄마 아빠와는 한 마디 상의도 없이 방학 동안 학교에서 가르치는 컴퓨터 교실을 신청하고 왔다. 또 3학년 방학 때는 수학 교실에 등록하고 왔다. 다른 과목에 비해 수학 성적이 뒤처지는 것에 화가 났기 때문이란다. 하기야 손녀가 제일 싫어하는 과목이 수학이었으니까. 오죽하면 이렇게 하소연했을까.

"아빠하고 나하고 영혼을 바꾸었으면 좋겠다. 아빠가 수학 공부하고 내가 아빠 회사에 일하러 가고."

손자라고 해서 다를까. 3학년이 된 큰손자는 욕심 많게도 영어, 컴퓨터, 미술 등 세 과목이나 신청하고 왔다. 그런데 정말 뜻밖은 작은손자였다. 신청한 과목은 수학과 성악. 수학은 그런대로 이해가 되지만 엉뚱한 과목은 성악이다. 웬 성악? 그런데 어멈에게 들어 보니 그쪽으로도 소질이 많단다. 할아버지도 몰랐던 손자의 또 다른 모습이었다.


대부분의 엄마는 성적이 좋아지면 평소에 먹고 싶어 하던 음식이나 갖고 싶은 물건을 사 주겠노라고 약속한다. 애들도 기대가 크다. 그래서 성적표가 나오는 날이면 애 어른 할 것 없이 긴장하게 마련이다.

초등학교 1학년이 된 작은손자, 1학기가 끝나자 수학단원평가시험을 쳤다. 손자로서는 생애 첫 시험이다. 시험이 끝난 후 의기양양하게 돌아온 손자, 시험지를 흔들며 큰소리를 쳤다.

"엄마 나 675점 받았어. 뭐 사줄래?"

놀란 어멈이 시험지를 받아 보니 67.5다. 아직 소수점을 모르는 손자가 큰소리친 것이다. 물론 상으로 준 것은 꿀밤 한 대. 옆에서 지켜보던 큰손자가 볼멘소리를 했다.

"나는 95점만 맞아도 반쯤 죽이면서 동생은 왜 야단치지 않아요?"

이번에는 어멈의 해명이 궁색해질 차례다.

"동생은 첫 시험이고 너는 많이 쳐 보았잖아."

공부하는 방법이며 태도도 아이들마다 다 달랐다. 손녀는 공부하라고 하면 갑자기 분주해진다. 목이 마르다며 수시로 부엌에 드나들고 평상시보다 화장실 출입도 잦다. 한마디로 말해 집중하지 못한다. 하지만 재미있는 책을 읽을 때면 정신없이 몰두한다. 그런 손녀에 비해 큰손자는 차분하게 공부하는 편이지만, 작은손자는 자세부터 요란하다.

1학년 말, 단원평가시험을 준비할 때였다. 책상 앞에 앉은 손자 거동 좀 보소. 태권도 도장에서 받아 온 행운의 목걸이를 머리띠마냥 이마에 불끈 동여맨 다음, 양쪽 귀 위에는 연필을 꽂는다. 왜 그러느냐고 물었더니 정신을 집중하기 위해서란다. 어멈이 예상 문제를 발췌하여 설명하기 시작하자, 한참 듣고 있던 손자가 하는 말,

"무슨 말인지 하나도 모르겠네."

오호라! 이를 어찌하면 좋을까? 어멈의 교수법이 신통찮은 것일까. 아니면 손자의 이해력 부족 탓일까. 그도 아니라면 행운의 목걸이와 연필 부적이 신통력을 잃어버렸기 때문일까. 아무튼 시험을 치고 돌아온 손자는 "너무 쉬웠어. 100점, 100점." 하며 100점임을 두 번이나 강조했다. 그러나 그 점수를 확인할 수는 없었다. 1학년의 경우, 학년말 단원평가 점수는 비공개였기 때문이다.

몇 해 전, 〈행복은 성적순이 아니잖아요〉라는 영화가 상영되어 공

부에 지친 학생들의 마음을 사로잡았던 일이 있었다. 하지만 행복이 반드시 성적순으로 오는 것은 아니지만 커다란 영향을 미치는 점은 아무도 부인할 수 없다.

이제 초등학교 4학년, 2학년, 1학년인 손녀와 손자들. 나름대로 공부하여 상위권에 들어섰지만 좀처럼 1등자리를 꿰차지 못하고 있다. 허나 이만만 해도 그게 어딘가.

흔히들 초등학생 점수는 엄마 점수라고 한다. 그렇다면 우리 꼬마들의 제 실력은 아직 나오지 않았다는 이야기도 된다. 앞으로 그 애들의 점수는 어떻게 달라질까. 알 수는 없으되 목표는 높은 곳에 두라고 일러 주어야겠다.

# 남친 여친

세 살짜리 손녀의 성화를 못 이겨 소꿉놀이를 할 때였다. 손녀가 할아버지의 접이식 등산방석을 가져오더니 깔고 앉아서 놀잔다. 스펀지로 만든 그 방석의 한 면은 분홍색이고 다른 면은 쥐색이다.

무심코 분홍색 바탕 위에 앉은 나를 본 손녀, "할아버지, 일어나세요." "왜?" "일어나 보세요." 한사코 일어나란다. 내가 엉거주춤 엉덩이를 떼자 재빨리 방석을 뒤집어 쥐색으로 돌려놓고는 그 위에 앉으란다. 그러면서 저는 분홍색 위에 앉는다. 어린 마음에도 남자와 여자는 무언가 달라야 한다는 것을 느낀 모양이다.

몇 년 후, 그랬던 손녀의 손을 잡고 서점을 찾았다. 어린이코너로 달려가서 이 책 저 책 꼼꼼하게 살피던 손녀가 골라온 책은 「포켓몬스터」와 「사춘기의 성」 두 권이었다.

만화 형식으로 꾸민 「사춘기의 성」 내용을 훑어보니 초등학교 1학년 손녀가 읽을 만한 책은 아니다. 남자와 여자의 신체 구조를 그린

삽화는 그렇다 치더라도 자위를 비롯하여 성폭력에 동성애까지 설명하고 있다.

"야, 이건 너한테는 너무 어려워."

"집에 가져가서 두고두고 읽으면 돼요."

할아버지의 완강한 반대를 못 이겨 시무룩한 표정으로 딴 책을 고르는 손녀. 자신과 다른 존재에 대한 호기심은 나이와는 상관이 없는 모양이다.


옛날 같으면 콧물이나 달고 다녔을 나이인 손녀가, TV 드라마를 보다가 뽀뽀장면이 나오면 "아유 뽀뽀하잖아, 진짜 닭살이야." 못 볼 걸 본 것처럼 두 손으로 얼굴을 가린다. 애정을 고백하는 장면이 나오면 주인공에게 훈계도 한다.

"바보야, 그건 고맙다고 하는 게 아니라 사랑한다고 말하는 거야. 사랑이란 서로 좋아한다는 뜻이고, 고맙다는 말은 도움을 받았을 때 하는 말인데……." 들어 보니 속이 멀쩡하다.

손녀에게는 여자 친구보다는 남자 친구가 더 많다. 몸이 아파서 결석이라도 하면 문병 오는 것은 모두 남자 친구들이다. 왜 그럴까? 이유는 단순했다. 남자애는 모르는 것도 가르쳐 주고 부탁도 잘 들어주지만 여자아이는 대체로 말을 듣지 않는단다. 또래 여자끼리는 벌써부터 라이벌의식을 느끼는 모양이다. 그런데 남자 친구가 아니라 '남친'이라고 부른다. 손녀도 어느새 우리말을 오염시키고 있는 휴대폰 문자 대열에 합류한 것이다.

4학년이 된 손녀는 예전과는 달리 친구를 가린다. 아무나가 아니라 마음 맞는 친구만 골라 사귄다. 남자 친구보다는 여자 친구가 더 많다. 나이는 키만 자라게 하는 것이 아니라 마음도 자라게 한다.

이성 문제에 있어서는 손자라고 해서 다르지 않았다. 유치원의 여자애들 사이에서 큰손자와 작은손자의 인기는 시쳇말 그대로 '짱'이다. 별명이 왕자님일 정도였으니까. 그래서일까. 큰손자에게 좋아하는 여자 친구 이름을 물어보면 수시로 바뀐다.

다섯 살, 유치원에 처음 들어간 작은손자에게 제일 친한 동무가 누구냐고 물었더니 큰소리로 대답했다. "박처연" 역시 여자 친구다.

왜 손녀는 여자 친구보다는 남자 친구가 많고 손자는 여자 친구만 수두룩할까. 그건 극이 다른 자석처럼 이성을 끌어당기는 인간의 원초적인 본능 때문이리라. 비록 지금은 왕자 대접을 받는 두 손자지만 언젠가는 이웃나라 공주님을 짝사랑하며 애태우는 기사가 될지도 모를 일이다.

여섯 살 큰손자가 바지를 입은 채 민낯으로 외출하는 엄마에게 묻더란다.

"엄마는 여자야, 남자야?"

"여자지."

"여자가 왜 치마 안 입고 바지를 입어? 여자는 치마를 입고 화장을 해야지."

그 녀석 이담에 여자 친구 고르는 기준이 꽤나 까다롭겠다.

큰손자와 작은손자가 장난감을 가지고 티격태격하다가 큰 녀석이 비명을 질렀다. 어떻게 하다가 작은 녀석이 제 형의 사타구니를 발로 찬 모양이다. 화가 난 어멈이 작은 녀석을 불러 야단친다.

"엄마가 고추는 어떻다고 했어?"

"원진이 고추도 소중하고, 형아 고추도 소중하다고 했어."

"그런데 발로 차면 되겠어?"

"미안해. 다시는 안 그럴게."

어멈이 다시 물었다.

"모르는 사람이 고추 좀 보자고 하면 어쩔래?"

"안 보여 줄 거야."


우리 세대에 비해 요즘 아이들은 정신적으로나 육체적으로 많이 조숙해졌다. 그러나 조숙함에 비해 성(性)에 대한 지식은 생각보다 모자란다. 그래선지 채 자라기도 전에 불미스러운 일을 저질러 세간의 눈총을 받는 청소년들이 허다하다.

자녀는 물론이고 젊은 세대 앞에서는 성에 대해 이야기하는 것조차 금기시했던 오래된 풍속이 지금까지 이어 오고 있는 반면에 청소년들은 음란물 앞에 무방비 상태로 노출되어 있다. 하여, 새삼스레 강조되는 것이 조기 성교육이다. 그러나 자녀들에 대한 성교육이 말처럼 쉬운 것도 아니고 또 그에 대한 정석도 없다.

어떻게 해야 할까. 뾰족한 방법을 찾을 수는 없겠지만 정신적으로나 육체적으로 자기 자식을 가장 잘 아는 부모가, 주어지는 상황에 따라 솔직하고 적절하게 조언할 수밖에 없겠다. 그렇다면 고추의 소중함을 일찌감치 알려 준 며느리는 지금 성교육의 기초 과정에 손자를 입문시킨 셈이다.

하지만 이제 겨우 유치원생과 초등학생 아닌가. 성교육도 좋지만 그보다는 남자 친구건 여자 친구건 모두가 소중한 벗이라는 것, 좋은 친구를 사귀기 위해서는 자신이 먼저 좋은 친구가 되어 주어야 한다는 기초적인 상식부터 이해시키자. 또 좋은 친구는 가까이 해야 하지만 나쁜 친구는 왜 멀리해야 하는지 사례를 들어 가며 설명해 주는 것도 좋을 것 같다.

옛말에 '미인과 결혼하면 3년이 행복하고, 착한 여인과 결혼하면 30년이 행복하고, 지혜로운 여인과 결혼하면 3대가 행복하다'고 했다. 하지만 그 대상이 여인만을 의미하는 것은 아니다. 남편감도 마찬가지다. 우리 집 꼬맹이들도 때가 되면 짝을 구할 것이다. 과연 어떤 사람을 만나 인연을 맺을까?

# 유머레스크

보헤미아 출신의 음악가 '드보르작'이 작곡한 〈유머레스크〉는 해학적이면서도 빠르고 경쾌한 소곡이다. 유머러스한 작품이니 당연히 흥겹고 즐거워야 한다. 그런데도, 감수성이 예민한 사람은 그 곡을 들으면서 기쁨과 슬픔을 동시에 느낀단다.

기쁨이 극(極)에 달하면 슬픔이 된다는 옛말이 있다. 그렇다면 극단적인 슬픔 역시 기쁨이 될 수 있다는 말이다. 어쩌면 〈유머레스크〉의 음율 속에는 기쁨과 슬픔이라는 상반된 요소가 같이 숨어 있는지도 모르겠다. 음악만 그런 것은 아니다. 감상하는 이의 심금을 울리는 예술 작품이 다 그렇잖은가.

사람이 하는 말도 그렇다. 그 말의 진정성에 따라서는 웃는 얼굴의 눈가에도 이슬이 맺히고 흐느끼면서도 옅은 미소를 짓는다. 우리는 익살스러운 농담이나 해학을 유머라고 정의한다. 그러나 농담과 해학은 같은 것 같으면서도 다르다. 농담이 장난삼아 하는 실없는 말이라면, 해학은 익살스러우면서도 품위가 있는 말이나 행동을 의미한다.

또 풍자라는 말도 있다. 남의 결점을 다른 것에 빗대어 비웃고 폭로하며 공격함을 뜻한다. 그래서 풍자 속에는 날카로운 비수가 숨겨져 있어 경계해야 한다. 하지만 이래저래 따지기 싫어하는 사람은 농담이든 풍자든 해학이든 간에 뭉뚱그려 싱거운 소리, 싱거운 사람으로 치부한다.


작은손자의 초등학교 3학년 여름. 무더위를 식히기 위해 야외 나들이를 갔단다. 시원한 소나무그늘과 싱그럽게 펼쳐진 잔디밭. 돗자리를 깔아 두었지만 아이들은 잔디 위에서 놀기를 더 좋아한다. 주위의 솔가리를 모아 새집처럼 둥지를 만들고는 알을 품은 어미닭처럼 웅크리고 앉아서 놀기도 했다.

하지만 지금은 풀밭에서 마음껏 뒹굴지도 못하는 고약한 시대다. 유행성출혈열이나 쯔쯔가무시병에 걸려 목숨을 잃는 일이 허다하니까.

어멈이 아이들을 불렀다.

"풀밭에서 그만 놀고 돗자리 위에서 놀아라."

"왜요?"

"쯔쯔가무시병에 걸리면 안 되잖아."

큰손자는 별 대꾸가 없었지만 작은손자는 웃지도 않고 능청스럽게 말하더란다.

"뭐라고요? 찌찌가 가물치 되었다고요?"

참 맹랑하고 싱거운 녀석이다. 어디 오늘만 그럴까. 이전에도 엉뚱한 소리로 우리를 웃기곤 했다. 정도 많아서 맛있는 음식이 나오면 할아버지 할머니부터 먼저 챙기는 것도, 고기 굽느라 바쁜 엄마의 입에 익은 고기 한 점을 넣어 주는 것도 작은손자가 먼저다. 게다가 유머감각까지 있으니 친구도 많을 것 같다. 하지만 생각과는 달리 단짝이라 부를 만한 친구는 얼마 안 된단다. 아직 어려서 그럴까.

살다 보면 눈물 같은 웃음도 웃어야 하고 웃음 같은 눈물도 삼켜야 하는 게 인생사. 나는 작은손자가 외톨이처럼 따로 놀기를 바라지 않는다. 타고난 유머감각이라면, 품위 있는 익살로 저도 즐겁고 남도 즐겁게 하는 사람이 되었으면 한다.

# 시간표

　초등학교 1학년인 큰손자와 유치원생 작은손자가 제 엄마 아빠와
떨어져 할아버지 집에서 하룻밤 자던 날이었다. 새벽 여섯 시쯤에 눈
을 뜬 큰손자가 깊은 잠에 빠져 있는 동생을 깨우려고 집적거렸다.
깰 기미가 보이지 않자 이번에는 동화책을 꺼냈다. 일요일 아침이니
좀 더 자라고 말했더니

　"아녜요. 여섯 시에 일어나서 밥 먹기 전에 동화책 3권을 읽어야 해
요. 그리고 아침밥은 7시 15분에 먹게 해 주세요."

　"왜 7시 15분에 먹어야 하는데?"

　"선생님께 제출한 시간표에 그렇게 되어 있어요. 약속을 지키는 사
람이 훌륭한 사람이래요."

　그날 오후, 손자를 데려가려고 들른 어멈에게 물었더니 그 정도는
약과란다. 한번은 저녁 9시에 그만 놀고 자라고 했더니 눈물을 뚝뚝
흘리더란다. 놀라서 물었더니, 선생님은 9시 30분에 잠자라고 했는

153

3부 · 학교 가는 날

데 아빠가 아홉 시에 자라고 해서 그런단다. 선생님과의 약속은 꼭 지켜야 한다면서.

하기야 초등학교 1학년 꼬마에게 있어 선생님이란 존재는 절대적이다. 따라서 선생님께 제출한 시간표는 반드시 지켜야 할 신성한 약속이다. 그렇긴 하지만 큰손자의 유별난 시간 지키기는 우리를 웃게 한다. 그런가 하면 대견하여 흡족하게도 한다.


삼라만상 중에서 낭비해도 좋은 것은 하나도 없다. 시간 또한 마찬가지다. 그래서일까? 옛 현인들은,

"세월부대인(歲月不待人) 일촌광음불가경(一寸光陰不可輕)"

이라고 가르쳤다.

세월은 사람을 기다리지 않으니 찰나와 같이 짧은 시간도 헛되이 보내지 말라는 뜻이다.

사전에서는 과거, 현재, 미래로 이어져 머무름 없이 일정한 빠르기로 무한히 연속되는 흐름을 '시간'이라 하고, 일정한 시간의 배당을 적어 넣은 표를 '시간표'라고 정의한다. 그렇다면 시간표야말로 시간을 아낄 수 있는 좋은 도구 중의 하나 아닌가.

시간에 관한 한, 세상에는 세 부류의 사람이 있다. 시간을 적절하게 활용하는 사람과 시간표대로 사는 사람, 그리고 시간을 낭비하는 사람이다.

시간을 효율적으로 활용하는 사람의 인생은 여유롭지만, 시간표대로 사는 사람은 교과서 같은 인생을 산다. 교과서적인 삶이란 모범적

이긴 하지만 주어진 틀 안에서 벗어나지 못하는 것 같아서 조금쯤은 답답해 보인다. 두 경우에 비해 시간을 낭비하는 사람의 일생은 초라할 수밖에 없다.

숙제와 예습복습이 끝나는 시간이 잠자리에 드는 시간이라서 시간표 자체가 들쑥날쑥한 3학년 손녀와는 달리 큰손자의 시간 개념은 철저하다. 언제까지 그럴 수 있을까. 시종일관하기에는 변수가 너무 많은 것이 세상살이 아닌가.

시간표는 시간과 자신과의 약속이다. 따라서 그 약속을 잘 지키는 아이가 좋은 어른이 된다. 나는 내 손자 손녀가 시간과의 약속을 잘 지키는 사람, 효율적으로 시간을 활용하여 부끄럽지 않은 어른으로 성장하기 바란다. 그래서 그 삶이 보다 풍요로워질 수 있다면 참 좋겠다.

아직 오지 않은 시간은 순수하고 깨끗하다. 무한한 가능성이다.

# 할아버지, 좀 보세요

손녀가 다니는 삽량초등학교는 우리 아파트단지와 담장을 같이 사용하고 있다. 게다가 학교 후문 옆에 조성된 근린공원은 산책 코스로도 더할 나위 없어, 산책하던 나는 가끔 운동장에 들러 손녀가 노는 모양을 구경하곤 했다.

손녀의 자랑거리는 철봉대 묘기(?)다. 구름다리, 정글짐 등 철봉대란 철봉대는 빠짐없이 매달려 재주를 부린다. 짐짓 관심 없는 척하면 "할아버지, 좀 보세요." 하며 채근이다.

아찔한 마음에 "조심해!" 하고 다가서면 염려하지 말고 구경이나 하란다. 그만큼 자신만만하다는 이야기이지만 원숭이도 나무에서 떨어질 때가 있는 법, 손녀는 양호실의 단골손님이었다. 무릎이나 팔이 멍드는 일은 다반사였고 손바닥 껍질이 벗겨지는 일은 경미한 사안에 속했다. 심지어는 팔이 부러진 일까지 있었다.

초등학교 2학년 때다. 6월 25일 오전 11시, 구름다리에 매달렸던 손녀가 떨어져서 오른쪽 팔이 부러진 것이다. 다행히 손목과 팔꿈치 사이의 뼈가 부러진 까닭에 성장판에는 이상이 없었다. 하지만 이 사고로 한동안 결석해야 했고, 엄마 아빠는 다친 팔이 심장보다 높은 곳에 올라가지 않도록 지켜보느라 교대로 잠자는 고생을 감수해야 했다.

걱정스러웠던 것은 이번 사고로 해서 손녀의 활달한 성격이 위축되면 어쩌나, 혹은 자신감에 상처를 받으면 어떡하나 하는 염려였다. 하지만 그것은 기우였다. 손녀는 사고 전이나 후에나 씩씩하게 철봉대에 매달렸다.

팔에 깁스를 하고 있는 손녀를 보고 작은손자가 하는 말,

"누나, 니 까불었제?"

안 그래도 계면쩍어하던 손녀는 작은 주먹으로 동생의 옆구리를 쥐어박는다.


사촌누나가 그렇게 사고를 치는 동안 두 손자도 차츰 달라지기 시작했다. 가장 두드러지게 바뀐 것은 큰손자다. 지나치리만큼 수줍음을 많이 타는 손자의 성격을 걱정한 아범이 초등학교에 입학한 날부터 태권도 도장에 보낸 것이다. 그랬더니 하루가 다르게 씩씩해졌고 암되기만 하던 표정에도 자신감이 넘쳤다. 얼마 후, 손자도 할아버지 앞에서 텀블링 묘기를 보여 주거나 태권도의 품새를 자랑했다.

큰손자가 태권도장에서 개최한 줄넘기 대회에서 1등을 하자 대견하게 여긴 할머니가 물었다.

"원찬이는 태권도 무슨 띠냐?"

"노란 띠."

옆에서 듣고 있던 여섯 살 작은손자도 자랑스럽게 말했다.

"할머니, 나도 띠 있어요."

"그래, 원진이는 무슨 띨까?"

"돼지띠."

가족 모두가 포복절도를 하자 무안했던 손자가 다시 말했다.

"나 정말 황금돼지띠 맞아요."

60년 만에 한 번 돌아온다는 황금돼지 해에 태어난 손자가, 형아는 노란 띠고 자기는 돼지띠라고 계속 우긴다.

'팔불출(八不出)'이라는 말이 있다. 본디의 뜻은 열 달을 채우지 못하고 여덟 달만에 태어난 팔삭둥이, 그래서 뭔가 조금 모자라 보이는 사람을 뜻하지만 일반적으로는 아내 자랑, 자식 자랑 등, 자랑을 일삼는 사람을 빈정대는 뜻으로 쓰인다. 그러나 성인군자도 억제하기 어려운 것이 자랑하고 싶은 마음이다. 그렇다면 할아버지의 손자 손녀 자랑쯤은 애교로 보아도 좋지 않을까.

자신의 장기를 자랑하고 싶은 마음은 어린이나 어른이나 다를 바 없다. 자랑하기 위해서는 보여 주어야 하고 보여 주기 위해서는 자신감이 뒤따라야 한다. 자신감은 긍정적인 사고방식으로의 전환은 물론, 품성마저 진취적으로 바뀌게 한다. 앞으로도 손녀와 손자는 또 다른 자랑거리를 가져와서 "할아버지, 좀 보세요." 하며 재주를 부릴 것이다. 하지만 그때 역시 할아버지가 해 줄 수 있는 말은 "참 잘한다."는 칭찬과 "조심해."라는 당부밖에는 없을 것 같다.

팔불출이 되어도 좋다. 나는 내 손녀 손자에게 자랑할 만한 일이 많이 생겼으면 좋겠다. 하지만 내놓고 자랑할 필요는 없지 않을까. 참다운 자랑거리는 과시하지 않아도 은연중에 드러나는 법이다.

# 포켓머니

"할아버지, 포켓머니……."

초등학교 3학년 손녀가 뜬금없이 손을 내밀었다.

"어디 쓰게?"

"음…… 과자도 사 먹고, 준비물로 사야 하고……. 남으면 저금통에 넣어 둘 거예요."

그런데 "용돈 좀 주세요."가 아니라 포켓머니를 달란다. 학원에서 배운 영어 실력을 뽐내고 싶었던 모양이다.

4학년이 되더니 은유법을 쓰는 게 아니라 직유법을 쓴다.

"할아버지, 돈 좀 빌려 주세요."

"뭐하게?"

"꼭 쓸 데가 있어요."

어디에 쓸 건지 물어보았지만 밝히지 않는다. 물론 빌려 달라는 금액은 푼돈 수준이다. 하지만 빌려 갈 줄은 알았지만 갚을 줄은 모른다.

손녀는 그렇다 치고 용돈의 압권은 작은손자 이야기다. 한번은 오랜만에 찾아온 아이들의 외삼촌이 두 손자에게 5만 원씩 용돈을 주었단다. 초등학교 3학년인 큰손자는 고맙게 받았지만 2학년인 작은손자는 2만 원만 주머니에 넣고 3만 원은 되돌려 주더란다. 까닭을 물었더니 대답이 걸작이다. 2학년이니까 용돈도 2만 원이면 된다는 것이다. 오호라! 이럴 경우 '황금 보기를 돌같이 한다.'고 칭찬해야 할까, 아니면 너무 욕심이 없다고 걱정해야 할까.

손자 손녀에게 정례적으로 용돈을 주는 경우는 설과 추석에 한정된다. 그것도 얼마 되지 않는다. 게다가 어린이날과 생일선물은 돈 대신 책을 사 주니 그 애들로서는 할아버지가 주는 용돈이 감질날 수밖에 없겠다.

그렇게 인색할 수밖에 없음은, 부자 할아버지가 아닌 탓도 있지만 그보다는 돈이라는 것이 원한다고 해서 쉽게 얻어지는 것이 아니란 것을, 얻기 위해서는 필요한 만큼의 노력이 뒤따라야 한다는 것을 깨우쳐 주고 싶은 마음에서다. 그래서 아이들의 성적이 부쩍 뛰어올랐다거나 학교나 학원에서 상을 받았을 때만 할머니를 통해 보너스처럼 상금을 준다.

재미있는 것은 용돈을 받았을 때의 손녀와 손자의 태도다. 큰손자의 금전 관리는 철저하다. 명절이나 생일날, 용돈이 생기면 엄마에게 맡기는 것은 여느 아이들과 다름없지만 언제 얼마를 맡겼다는 것을 꼼꼼하게 기억한다. 가끔 "엄마 통장 보여 주세요" 하며 잔액도 확

인한다. 생일날 친구들에게 한턱 쓰라고 용돈을 주면 쓰기는커녕 오히려 얻어먹고 온다.

2학년 때다. 나중에 갚을 테니 게임기의 칩을 사게 2만 원만 빌려달라고 아빠를 졸랐다. 돈을 준 뒤 어떻게 하나 지켜보았더니, 명절날 얻은 용돈을 모아서 큰소리치며 갚아 주더란다.

작은손자는 기분파다. 기분만 내키면 "내가 쏠게." 하며 아이스크림도 사고 과자도 산다. 엄마에게 맡긴 돈이 얼마나 남았느냐는 관심 밖이다. 할머니가 세뱃돈을 주자 봉투째 아빠에게 주면서 "아빠, 세 번은 쏠 수 있겠어." 하며 호기를 부린다.

이런 버릇을 고치기 위해서 초등학교에 입학한 뒤부터는 매일 백원, 그러니까 한 달에 3천 원의 용돈을 주기로 했단다. 그랬더니 요 녀석, 3백 원이 모이면 3백 원짜리, 5백 원 모이면 5백 원짜리 군것질로 주머니를 비운다. 그래서 어멈이 묘안을 짜냈다. 언제, 얼마짜리, 무엇을 사 먹었는지 가계부처럼 일일이 적게 한 뒤, 쓰지 않고 남겨 둔 금액만큼 더 주기로 했단다. 일종의 보너스다. 절약하면 상을 받는다는 점을 강조한 것이다.

손녀의 돈 관리도 비슷하다. 엄마에게 맡기곤 별 관심이 없다. 대충 얼마쯤 되지 않을까 짐작만 하고 있을 뿐이다. 그러나 언제까지 무관심할 수 있을까. 짐작컨대, 얼마 후면 엄마에게 맡긴 돈에 이자까지 챙겨 달라고 조를 것만 같다.

아이들은 보통 엄마에게 맡기거나 돼지 저금통을 이용하여 돈을 모은다. 그러나 세태가 달라졌다. 요즘의 현명한 엄마들은 일찌감치 경제 교육을 시킨다며 코흘리개 시절부터 아이 이름으로 된 예금통장을 만들어 준 뒤, 직접 예금하는 버릇을 들인다.

그뿐이랴, 통장의 숫자를 읽어 주며 산수 공부도 같이 시킨다. "조금만 더 모으면 네가 갖고 싶은 '그 무엇'을 살 수 있다"는 목적의식도 심어 주고, 원하는 것을 얻기 위해서는 아껴야 하는 이유도 가르쳐 준다.

다다익선(多多益善)이라는 사자성어가 있다. 많으면 많을수록 좋다는 뜻이다. 돈이라고 해서 다를 바 없다. 돈을 모으는 방법만 떳떳하다면 부자가 된다는 것은 얼마나 신나는 일인가. 가진 게 있어야 베풀 수도 있다.

돈에는 사람을 사람답게 하는 순기능이 있는가 하면, 사람 이하의 사람으로 만드는 역기능도 있다. '돈이 보배'가 될 수도 있고 '돈이 원수'가 될 수 있다는 속담도 여기서 나왔다. 그래서일까. 그냥 부자는 행복해 보이지만 베풀 줄 아는 부자는 아름다워 보인다.

그런 연유로 나는 내 손자 손녀가 베풀 줄 아는 부자가 되었으면 좋겠다. 설혹 부자가 안 되면 또 어떤가. 세상에는 부자가 아니면서도 부자 부럽지 않을 만큼 아름답게 사는 사람이 좀 많은가.

아직 어려선지, 아니면 돈 쓸 줄을 몰라서 그런지, 또 아니면 엄마가 주는 용돈만으로도 충분해서 그런지 알 순 없지만 우리 꼬맹이들이 할아버지 할머니에게 손 벌리는 일은 별로 없다. 하지만 언젠가는 "데이트 자금이 부족해요" 하면서 SOS를 칠지도 모른다. 그러나 그

때라고 해서 내가 부자가 되어 있을 가능성은 거의 없고 보니 이래저래 '짠돌이 할아버지'라는 불명예를 벗어 버리지는 못할 것 같다.

# 선물

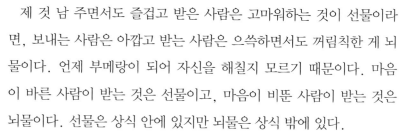

　제 것 남 주면서도 즐겁고 받은 사람은 고마워하는 것이 선물이라면, 보내는 사람은 아깝고 받는 사람은 으쓱하면서도 꺼림칙한 게 뇌물이다. 언제 부메랑이 되어 자신을 해칠지 모르기 때문이다. 마음이 바른 사람이 받는 것은 선물이고, 마음이 비뚠 사람이 받는 것은 뇌물이다. 선물은 상식 안에 있지만 뇌물은 상식 밖에 있다.

　나의 경우, 아무 부담 없으면서도 흐뭇하기만 한 선물은 손녀 손자가 주는 선물이다. 우리 집 꼬맹이들은 할아버지와 할머니의 생일이 되면 편지로 축하해 주고 어버이날이 되면 카네이션을 선물이라면서 달아 준다.

　어버이날, 문방구에서 파는 카네이션을 사다 주던 유치원생 손녀도 초등학생이 되더니 제 손으로 만든 종이꽃을 달아 준다. 똑같아서 어느 게 할아버지 건지 할머니 건지 구분이 안 된다. 하지만 손녀는 나름대로의 구별법을 마련해 두었다. 그건 꽃받침용 리본에 손녀가 직접 그린 그림이었다. 대머리에 목젖이 볼록하게 나와 있으면 할아버지, 뽀글뽀글 파마머리 얼굴은 할머니 거다.

아직 글자를 모르는 두 손자는 엄마가 종이에 찍어 준 점을 연결하여 "할아버지 할머니 사랑해요."라고 쓴 편지를 선물로 준다. 미처 편지를 쓰지 못했을 때면 작은손자가 인기 가수 싸이의 '젠틀맨'과 '말춤'을 추는 것으로 축하 선물을 대신했다. 그러나 아이들이 자라면서 편지의 내용은 달라지고 그 편지 속에 숨어 있는 애들의 꿈도 달라졌다.


칠순 잔치 때, 손녀와 손자가 할아버지에게 준 선물 역시 편지였다. 초등학교 일학년 큰손자의 그림 편지는 단순하다.

"할아버지, 생신 축하드려요. 사랑해요."

유치원생 작은손자는

"할아버지, 생신 축하드려요. 사랑해요." 둘 다 똑같다. 그러나 그 뒤에 덧붙여 쓴 글은 "조금만 기다려요."다. 녀석, 무얼 더 기다려 보라는 걸까?

3학년인 손녀의 편지 내용은 두 손자에 비하면 소설에 가깝다.

"할아버지, 생신 축하드려요. 옛날에 제가 '할아버지 은단 한 개만 주세요.'라고 했을 때, 몰래 하나 주신 거 감사드립니다. ㅎㅎ 만난 과자 사 주시고 더운 날 아이스크림 사 주신 것도 기억나요. 그리고 제가 더 커서 신선한 재료로 맛있는 음식도 만들어 드릴게요. ♡♡ 생신 축하드려요."

그러고 나서 한 달 후, 나의 세 번째 수필집 「들꽃 속에 저 바람 속에」가 출간되자 손녀는 또 그림엽서를 보내왔다.

"할아버지, 새 책 내신 거 축하드려요. 전 이런 할아버지가 너무너무 자랑스러워요. 저는 할아버지의 글 잘 쓰는 능력을 본받고 싶어요. 세계 최초의 '글을 잘 쓰며 요리도 최고인 천재 파티시엘 장지원 셰프'라고 언젠가 뉴스에 쏘이고 싶네요. 그리고 다시 한 번 축하드려요."

뉴스에 나오고 싶은 것이 아니라 쏘이고 싶단다. 그 참!

유치원 선생님에서 '파티시엘'로 바뀐 손녀의 꿈이 이제는 '세계 최초의 글 잘 쓰면서 요리에도 천재인 파티시엘'로 한 단계 상승한 것이다. 그러나 아이들이 꾸는 꿈은 수시로 바뀌는 법. 중요한 것은 편지 내용이 아니었다.

지금까지 손녀가 보낸 편지는 엄마의 검열(?)을 받았다. 잘못된 띄어쓰기와 맞춤법을 바로잡기 위해서다. 그러나 이번에는 달랐다. 손녀는 편지를 보여 달라는 엄마의 요구를 단호히 거부하더란다. 그리고 몰래 할아버지의 손에 쥐어 준다. 아직 철부지 꼬마라고 생각했었는데 손녀도 어느새 저 혼자만의 비밀을 간직하고 싶은 나이가 되었나 보다. 세월은 어른들도 모르는 사이에 아이들을 그렇게 달라지게 했다.

할아버지가 받은 손자 손녀의 선물이 편지라면, 할아버지가 그 애들에게 주는 선물은 책이다. 단지 아이들의 나이가 들어감에 따라 그림책에서 만화책으로, 또 만화책에서 동화책으로 수준을 달리했을

뿐이다. 미처 책을 준비하지 못했을 때도 있다. 그럴 때는 반드시 책을 사야 한다는 단서를 달고 돈을 준다.

허나 아이들이 정말 받고 싶은 선물은 변신로봇 같은 장난감이나 예쁜 봉제 인형일 것이다. 그걸 알면서도 나는 모르는 척 시치미를 뗀다. 아이들에게 주는 최고의 선물은 책이라는 고전적인 사고방식에서 벗어나지 못한 까닭이다. 따라서 앞으로도 그 애들이 할아버지에게서 받는 선물은 이변이 없는 한 책일 수밖에 없겠다.

나는 내 손녀 손자가 뇌물보다는 선물을 좋아하는 사람, 받는 것보다는 주는 것을 더 가치 있게 여기는 어른다운 어른으로 성장하기 바란다. 사랑을 줄 줄 아는 사람만이 사랑을 받는 법이니까. 마음에서 우러나오는 소박한 선물은 사람과 사람 사이를 더욱 아름답게 만든다.

칠순 축하 편지에서 작은손자는 밑도 끝도 없이 "조금만 기다려요." 했고 손녀는 신선한 재료로 맛있는 음식을 만들어 주겠다고 했으니 남은 일은 기다리는 일뿐이다. 하여, 기다릴 게 있는 할아버지와 할머니는 행복하다.

# 종손

제삿날이다. 나에게는 아버지, 아들에게는 할아버지, 그리고 손자에게는 증조할아버지 되시는 어른의 기일이다.

강신, 참신, 진찬, 헌작,…… 제사는 순서에 따라 진행된다. 나는 손녀와 손자가 하는 양을 가만히 지켜보았다. 나이 탓일까. 11살 손녀와 9살 큰손자는 진지하지만 8살 작은손자의 태도는 산만하다.

두 아들이 술을 올릴 때, 손녀와 손자에게 술을 따르라고 했더니 제법이다. 꼬마숙녀 손녀는 새아씨처럼 얌전하게 술을 따르고 큰손자는 격식대로 세 번 첨잔한다. 그보다도 놀라운 것은 큰손자의 절하는 자세였다. 아무렇게나 넙죽 엎드리는 게 아니라 기본 예법 그대로다.

왼손은 오른손 위에 올리고 왼발 위에 오른발을 포갠다. 그런 후, 얼굴이 손에 닿을 듯이 허리를 굽혀 절한다. 같이 엎드려 있는 아빠보다 훨씬 참하다.

절을 한다는 것은 상대를 높이고 자신을 낮추는 겸양의 표시다. 전설처럼 아득하게 느껴질 증조부 앞에 자신을 낮춤은 마땅히 해야 할 도리겠지만 그런 것을 이해하기에는 아직 어린 나이 아닌가. 기특하다.

5대 종손인 4촌 형님은 슬하에 딸만 둘을 두었다. 종가의 대가 끊어질 위기에 처하자, 문중 어른들의 시선은 나에게 집중되었다. 가까운 친척 중에서 아들 둘을 둔 사람은 오직 나뿐이었기 때문이다.

요즘 세상에 무슨 양자? 핏줄이라는 것이 꼭 종손을 통해서만 이어 가야 하는 것은 아니다. 비록 종손은 아니지만 나와 내 아들을 통해서도 조상의 핏줄은 이어 가고 있지 않은가. 그런 나의 반론과 종가의 대는 어떤 일이 있어도 전통에 따라야 한다는 명분론이 팽팽하게 맞섰다. 완강한 반대와 집요한 설득.

결국은 내가 손을 들어 대학생이었던 작은아들을 양자로 입적시켰다. 그리고 세월이 흐른 후, 그 아이의 몸에서 두 아들이 태어났다. 그렇게 보면 큰손자는 잉태되기도 전에 7대 종손으로 이미 예정된 셈이다.

자식을 키우다 보면 부모도 몰랐던 새로운 면을 발견하고 놀랄 때가 있다. 우리 집도 마찬가지였다.

보수적이라고 생각했던 큰아들은 형식주의보다는 실질주의를 선호한다. 유세차(維歲次)로 시작하여 상향(尚饗)으로 끝나는 제사 축문도 어려운 한문 말고 쉽고 아름다운 우리말로 고쳐야 한다고 주장한다.

제사 상차림도 마찬가지다. 어동육서, 좌포우혜, 조율이시 등등, 까다로운 상차림도 '경우의 수'를 예로 들며 융통성이 필요하단다. 그러나 신세대라고 여겼던 작은아들은 의외로 보수적이다. 한글 축문은 가벼워서 싫고, 까다로운 상차림도 격식에 따라야 한다고 고집한다.

며느리도 제사 모시는 일을 꺼려하지 않는다. 어차피 해야 할 일이라면 기꺼이 하자는 생각인 것 같다. 그래서일까. 아들과 손자, 며느리의 음전한 모습을 보니 '종손과 종부는 하늘이 내린다.'는 옛말이 새삼 떠오른다.


종손이 져야 할 짐은 무겁다. 봉제사와 묘사는 물론, 산소 관리와 손님을 맞고 보내는 일도 예의범절에 어긋남이 없어야한다. 게다가 일가의 모범이 되어야 한다는 책임감도 여간 아니다. 비록 유교적인 색깔이 많이 희석되었다는 요즘이지만 아직도 부담스러운 건 사실이다. 하지만 조상 잘 섬겼다고 욕먹는 사람은 없고 그 때문에 쇠락하는 집안도 보지 못했다.

음덕(蔭德)이란 말이 있다. 간단하게 풀이하면 '조상 덕'이다. 조상 덕을 보려면 조상을 잘 섬겨야 한다. 하지만 나는 그런 단순한 해석에는 찬성하지 않는다. 그보다는, 행여 조상 이름 더럽힐까 저어하여 반듯한 삶을 살기 위해 노력하는 사람이 받아야 할 선물이라고 생각하니까. 노력하지 않고 이루어지는 것은 아무 것도 없다.

# 유전

유전(遺傳)의 사전적인 해석은 '물려받아 내려옴', '어버이의 특징이 자손에게 전하여짐'으로 나누어진다. 문화와 예술이 후대에 전해진 다는 뜻의 유전은 단순하지만 생물학적인 유전은 여간 복잡한 게 아니다. 조상의 용모며 성격은 물론, 체질과 지적 수준까지 망라하기 때문이다.

특별한 색깔 없이 평범하기만 한 우리 부부의 세 아이들만 해도 그렇다. 수더분하면서도 꼼꼼한 성격의 큰아들은 좀처럼 무리수를 두지 않는다. 반대로 깔끔한 성격에다 멋쟁이 기질까지 있는 작은아들은 필요하다면 도전도 마다하지 않았다. 그런가 하면 칼칼한 성격의 딸은 완벽주의자다. 용모도 그렇다. 큰아들이 아내와 나의 얼굴을 반씩 닮았다면 딸과 작은아들은 엄마를 닮았다. 복잡하게 얽힌 유전인자 때문이리라.

손자 손녀라고 해서 다를 바 없다. 작은아들의 몸을 빌려 태어난 큰손자는 용모와 성격은 물론, 멋 부리는 것이며 큰 키까지도 제 아빠와 판박이다. 그러나 작은손자는 키가 작은 편이다. 대수롭잖은 일에도 눈물을 글썽이는 감성적인 큰손자와는 달리 작은손자는 익살스럽고 애교가 넘친다.

큰아들의 무남독녀인 손녀는 또 다르다. 어릴 적부터 '말괄량이 삐삐' 같고 '왈가닥 루시' 같았다. 운동하자면서 2단 옆차기로 할아버지를 공격하기도 했다. 하지만 예쁘고 신기한 물건을 탐내는 것 하며 음식 만드는 일이며 바느질까지 관심을 나타내는 것을 보면 천생 여자다.

옷 입는 것만 해도 그랬다. 티셔츠를 입고 그 위에 점퍼를 걸쳤을 때, 초등학교 1학년인 큰손자는 셔츠의 소매 끝과 점퍼의 소매 끝을 가지런하게 맞춘다. 틀리면 밀어 넣거나 당겨서라도 일치시켜야 직성이 풀린다. 하지만 작은손자는 소매 끝 같은 것에는 신경도 쓰지 않는다.

손녀는 더 가관이다. 매양 러닝셔츠며 라운드 티를 반대로 입는다. 그렇게 되면 앞면은 뒤로 가고 등판이 앞으로 온다. 게다가 거꾸로 입었다는 사실조차 의식하지 못하니 더 문제다. 일손이 바쁜 어멈이 그 모양을 보고 아범에게 부탁한다.

"지원이 셔츠 바로 입혀 주세요."

"알았어."

점입가경(漸入佳境)은 이럴 때 쓰는 말일까? 다시 입힌 후 바라보면 여전히 거꾸로다. 바로 입힌다는 게 또 거꾸로 입힌 것이다. 아범이 어렸을 때도 저랬으니, 그야말로 부전자전이다.

그렇게 깔끔을 떨던 큰손자도 2학년이 되더니 달라졌다. 옷 입을 때마다 소매 끝을 가지런히 맞춘다는 것이 얼마나 성가신지 저도 느낀 모양이다. 손녀도 셔츠를 제대로 챙겨 입는다. 성격도 많이 차분해졌다. 그런 사소한 버릇이나 성격은 자라는 동안 달라지겠지만, 정작 신경 쓰이는 것은 신체적인 유전이다.

우선 손녀의 예를 들어 보자. 아내와 며느리의 풍성한 머리숱과는 달리 손녀의 머리숱은 조금 적어 보인다. 할머니와 엄마를 닮았다면 얼마나 좋았을까마는 하필이면 머리숱이 적은 할아버지를 닮았는지 모르겠다. 손녀만 그렇다면 그나마 마음에 덜 걸리겠는데 작은손자 또한 마찬가지다. 그런 손녀와 손자를 보고 있노라면 나 때문인 것 같아서 은근히 미안해지기도 한다. 그러나 어쩌겠는가. 할아버지 역시 할아버지의 그 할아버지로부터 물려받은 것인 걸.

하지만 너무 염려하지는 말자. 필요한 영양소를 충분히 섭취시키고 적절한 처방을 병행한다면 몰라보게 좋아질 수도 있지 않을까. 게다가 요즘이 어떤 시댄가. 어제가 과거가 될 만큼 빠르게 발전하고 있으니 내일이라도 작은손자와 손녀가 풍성한 머리카락을 자랑할 수 있게 하는 기막힌 묘약이 나오지 말란 법도 없다. 또 그리 되지 않은들 어떠랴, 중요한 것은 '겉'이 아니라 '속'이다.

세상의 모든 부모는 자신의 좋은 점만 자식에게 물려주고 싶어 한다. 그러나 유전자란 녀석이 개구쟁이처럼 농간을 부려 뜻대로 되지 않는다. 그렇다면 우성인자 열성인자 따지며 희비애락 할 게 아니라. '어떻게 키울 것인가'를 먼저 고민하는 것이 바른 순서일 것 같다. 노력에 따라서 나쁜 유전자는 잠재우고 좋은 인자는 더욱 활성화시킬 수도 있을 테니까.

# 제야의 종소리

전통이라고 할까, 연례행사라고 해야 할까. 12월의 마지막 밤이 되면 우리 집은 연말연시답게 붐빈다. 제야의 종소리를 함께 듣기 위해 두 아들과 며느리, 손자 손녀까지 한꺼번에 모여들기 때문이다.

그 전통은 아내와 내가 결혼하면서부터 시작되었다. 결혼 첫해는 아내와 나, 단 둘만의 행사였지만 해를 거듭하면서 아들과 딸이 옆자리를 채워 나갔다. 그 기간이 무려 45년. 이제는 손자 손녀까지 합세하고 있다.

경우에 따라 참석 인원은 달라졌지만 우리 집의 작은 축제는 한 해도 거르지 않았다. 아니, 딱 한 번의 예외가 있었다. 새해 새 아침의 일출을 함께 보자며 온 가족이 오대산 산행에 나섰을 때였다. 그때도 우리는 심야버스의 라디오에서 울려 나오는 제야의 종소리를 들으면서 건배하고 덕담을 나누는 시간을 가져 동행한 산꾼들의 부러운 시선을 받았다. 그래서일까. 우리 아이들은 어른이 된 지금까지 연말

연시의 들뜬 분위기에 휩쓸려 자신을 망가뜨린 일은 없었다.

제야의 종소리를 들으면서 꾸는 꿈은 세월과 함께 달라질 수밖에 없다. 신혼의 아내와 내가 꾼 꿈과 대화가 미래에 대한 설계였다면, 아이들의 머리가 커 감에 따라 자식들의 진로며 교우관계가 대화의 초점이 된다. 남편과 아내 대신 아버지와 어머니가 그 자리를 대신했기 때문이다. 그리고 지금은 할아버지와 할머니가 되어 손자와 손녀의 이야기를 들으며 웃음꽃을 피우고 있다.

그날이 오면, 꼬맹이들은 눈꺼풀에 덕지덕지 달라붙는 잠을 쫓기 위해 별별 수단을 다 동원한다. TV를 보다 실증나면 휴대전화로 게임을 한다. 종이에 그림을 그리거나 접기 놀이를 한다. 유달리 잠이 많은 다섯 살 작은손자는 "버텨야 하는데……. 어쨌든 버텨야 하는데……." 마치 주술사의 주문처럼 '버텨야 하는데'를 반복하며 잠을 쫓아내고 있다.

우리는 다과상에 둘러앉아 TV 화면을 응시한다. 종각 앞에서 열광하는 군중들. 우리의 마음도 덩달아 들뜬다. 카운트다운이 시작되자 함께 숫자를 줄여 나간다. 10, 9, 8, ……, 3, 2, 1 마침내 제야의 종이 울리면 어른들은 술잔을, 손녀와 손자는 음료수 잔을 들고 쨍그랑 부딪치며 축배를 든다.

제야의 종도 타종하는 주체에 따라 의미가 달라진다. 조선시대에는 5경3점(새벽 4시경)이 되면 33번의 종을 울려 통금해제를 알렸다. 그런가 하면 그 종소리에는 제석천(帝釋天)이 이끄는 33개의 하늘에 고하여 나라의 태평과 백성의 안녕을 기원하는 의미도 담고 있었다.

절에서 치는 108번의 종소리 속에는 인간이 숙명처럼 안고 가야 할 108번뇌의 무거운 짐을 내려놓고 싶다는 간절한 소망이 담겨 있다. 보신각 등, 시민의 종 타종식에서는 33번을 타종한다. 희망의 종 11회, 사랑의 종 11회, 평화의 종 11회가 바로 그것이다.

제야의 종소리는 보다 나은 내일을 위한 희망의 메시지다. 어둠에 묶여 있던 몸과 영혼에게 던지는 자유의 속삭임이자 이제 그만 밝은 빛 속으로 나오라는 구원의 손짓이다. 제야(除夜)라는 뜻이 그렇지 아니한가.

나는 내 손녀 손자가 늘 '밝음' 가운데서 내일을 꿈꾸며 성장하기 바란다. 그리고 또 하나, 가능하다면 이 전통이 손자 손녀가 할아버지 할머니가 될 때까지 이어 갔으면 좋겠다.

# 침묵의 시간

유년기의 추억은 어디에서 어떻게 만들어지는 것일까. 아마 첫째 가는 장소는 부모형제와 함께 오순도순 살아가는 집일 게고, 다음은 학교 운동장이며 마을 앞마당일 것 같다. 아이들은 그 놀이마당에서 뛰고 구르고 내달리며 동무들과의 추억을 만든다.

산골 아이들이라면 마을을 휘감아 도는 개울이며 뒷동산도 빼놓을 수가 없겠다. 땀과 먼지로 범벅이 되면 냇물에 들어가 미역을 감았고, 텀벙 첨벙 물장구치다 지치면 가재와 다슬기를 잡았다. 뒷동산에 올라가 잠자리채를 들고 메뚜기와 잠자리를 찾아 내달리는 재미는 또 어떤가. 그러나 요즘은 잠자리채 들고 다니는 아이들 구경하기도 어렵다. 시험 성적만을 강조하는 오늘의 세태가 추억 만들 기회조차 주지 않는 탓이다.

추억을 만드는 곳은 또 있다. 할아버지 집이다. 할아버지의 집이 시골이라면 보다 색다른 경험을 할 수도 있겠지만 아니면 또 어떤가.

명절은 물론 할아버지 할머니의 생신이며 제삿날 등등, 할아버지 집에 모인 아이들은 모처럼 만난 종형제들과 어울려 정을 쌓는다.

　우리 집도 그렇다. 할아버지 집에 온 손자와 손녀는 방 하나를 아예 저희들의 둥지로 만든다. 집에 있는 베개란 베개, 방석이란 방석은 죄다 모아 칸을 질러 성을 쌓은 뒤, 그 속에 누워 깔깔거린다. 그뿐이랴 신이 나면 이리 뛰고 저리 뛰어다니며 정신을 쏙 빼놓는다.
　"조용히 못해?"
　"혼나고 싶어?"
　"가만히 앉아 책 좀 읽어라."
　등등, 야단과 엄포를 놓아야만 겨우 조용해진다. 그랬었는데, 작은손자가 초등학교에 입학 한 후부터는 녀석들이 몰려와도 절간처럼 조용하다.
　여느 때처럼 방석과 베개로 저희들만의 성채는 꾸미지만 웃음소리도 이야기 소리도 들리지 않는다. 하도 신기해서 살며시 들여다보니 이게 웬일, 세 꼬마가 침대에 엎드려 휴대폰으로 게임을 하고 있다. 그런가 하면 묵언수행 하는 승려처럼 벽을 마주한 채 말 한마디 없이 게임 삼매경에 빠져 있을 때도 있다.
　우리 세대가 저만했을 때는 휴대폰이며 게임기 같은 것은 아예 존재하지 않았다. 따라서 할아버지 집에 모인 종형제들은 고작해야 딱지치기며 구슬치기로 시간을 보냈다. 할머니가 삶아 주시는 옥수수나 고구마를 먹으면서 학교 이야기며 친구 이야기로 서로를 알아 간다. 좀 더 자라면 무슨 자랑인 양, 혹은 은밀한 비밀인 양 이성 문제까지 털어놓고 같이 고민하고 조언도 구했다. 그러면서 '우리는 한 가족'이란 유대감을 쌓았다.

하지만 요즘 아이들은 침묵하느라고 그런 기회도 드물다. 답답해진 내가 방문을 열면서 소리쳤다.

"시끄러워도 좋다. 게임 그만하고 재미있게 놀아라."


누군가가 세계에서 가장 많은 신도를 거느린 신(神)은 '휴대폰'이라고 했다. 우스갯소리로 치부할 수도 없는 것이, 어른 아이 할 것 없이 휴대폰 하나 없는 사람은 드물고 기회만 있으면 휴대폰을 꺼내 경배하듯 들여다보기 때문이다. 그러는 동안 읽어야 할 책 위에는 먼지만 쌓인다.

기차나 지하철을 이용하여 여행할 때, 아내와 나의 손에는 언제나 책이 들려 있다. 나는 책장을 넘기며 찬찬히 주위를 둘러본다. 하지만 책 읽는 사람은 눈을 씻고 봐도 없다. 누구라 할 것 없이 자리에 앉기가 무섭게 휴대폰을 꺼내 경배 드린 후, 손가락으로 기도문을 두드린다.

나는 신기하다는 듯이 주위를 둘러보다가 문득, 그들의 눈에는 오히려 내가 구경거리인지도 모른다는 생각에 흠칫한다.

'나는 책 없이는 살 수 없다.'고 말한 토머스 제퍼슨.

'하루라도 책을 읽지 않으면 혀에 바늘이 돋는다.'라며 독서의 중요성을 강조한 안중근 의사의 독서열이 지나치다고 생각된다면 중국 송나라 태종(太宗) 조광의의 이런 생각은 어떨까?

'책은 펼치기만 해도 이롭다.'

나는 보란 듯이 소리 나게 책을 펼친다. 마치 책 읽는 즐거움을 과시라도 하듯이. 그러면서 내 손자 손녀를 생각한다. 그 애들도 이담에 여행을 떠날 때면 우리처럼 손에 책을 들고 있을까?

4

짝
사
랑

만혼(晚婚)이 유행하고 있습니다. 너나없이 늦게 결혼하는 탓에 손자 덕을 보기는 어렵습니다. 아이는 아직 어리고 할아버지 할머니는 이미 늙어 버렸기 때문입니다. 그래서 할아버지와 할머니의 손자 손녀 사랑은 혼자만의 짝사랑일 수밖에 없습니다. 그 아이들에게서 돌려받을 수 있는 것은 한때의 즐거움과 아름다운 추억뿐이니까요.

# 산타 엄마

생일, 어린이날, 성탄절의 공통점은 엄마가 어린 자녀에게 '선물 주는 날'이라는 겁니다. 하지만 어떤 엄마는 생일이나 어린이날과는 달리 성탄절이 되면 곤혹스러워합니다.

기독교신자라면 당연한 일이겠습니다만 다른 종교를 믿는다거나 무신론자인 경우, 산타 역할을 대신해야 할지 말아야 할지 망설이게 되니까요. 그러나 대부분의 엄마는 선물을 준비합니다. 당신의 아들 딸이 '산타 할아버지도 외면하는 못난 아이'로 놀림받을까 봐 염려스럽기 때문입니다.

선물의 내용도 그렇습니다. 어렸을 적에는 과자 봉투 하나만 안겨 줘도 만족해했지만 유치원에 들어가면서부터는 눈높이가 달라져서 시시한 장난감은 쳐다보지도 않습니다. 제 눈에도 괜찮다 싶은 물건만 만지작거리며 어른들의 눈치를 보지만 요즘 장난감 가격은 말 그대로 장난이 아닙니다.

유치원 시절의 손녀는 진열장마다 돌아다니며 마음에 드는 물건이 있으면 꼭 가격을 물어보았습니다. "이건 얼마짜리예요?", "요건 얼마예요?" 그러면서 혼잣말처럼 중얼거립니다. "갖고 싶은데……." 반복되는 질문과 혼잣말에 할아버지의 마음이 흔들립니다. 그냥 사 주고 말까? 순간적인 망설임. 그러나 "이제 그만." 하며 매장을 빠져나오고 맙니다. 떼만 쓰면 얻을 수 있다는 인식을 심어 줄 수는 없기 때문이지요.

큰손자의 경우는 더 웃겼습니다. 마음에 드는 장난감 앞에 서서는 사 달라는 소리도 하지 않고 눈물부터 주르르 흘렸으니까요. 깜짝 놀라 왜 그러느냐 물으면

"갖고 싶은데 가질 수 없으니까 슬퍼서 눈물이 나와요." 고도의 심리전(?)이지요. 그래서 아범은, 크리스마스며 어린이날은 간단한 것으로, 생일에는 정말 갖고 싶은 것을 선물하기로 손자와 신사협정을 맺었다고 하더군요.


꼬마들은 산타 할아버지의 존재를 몇 살까지 믿을까요. 미루어 짐작컨대 유치원에 다닐 때까지는 철석같이 믿을 것 같습니다만 초등학교에 입학하면 생각이 달라지지 않을까요. 영악한 친구들로부터 이런저런 정보를 얻게 될 테니까요.

성탄절 날 오후, 밖에서 놀다온 초등학교 2학년 큰손자가 말했습니다.

"엄마, 친구들이 나보고 바보래."

연유를 들어 보니 이렇습니다. 친구에게 산타 할아버지로부터 선물 받았다고 자랑했더니 그 친구 대뜸 하는 말이

"니 바보가? 산타할아버지가 어딧노? 그거 다 엄마 아빠가 주는 거다. 그것도 모르나?"

졸지에 바보가 된 큰손자는 아직도 긴가민가하고 있습니다. 1학년 작은손자도 마찬가지입니다. 형 옆에서 한참 동안 생각에 잠겨 있던 작은손자가 자신 있게 선언했습니다.

"산타 할아버지는 분명히 있다!"

"어째서?"

"우리 엄마는 돈이 아까워서 비싸고 좋은 선물은 절대로 안 사 준다. 산타 할아버지니까 그런 선물도 주지."

오호라! 이를 어쩐담. 참고로, 작은손자가 받은 선물은 요즘 아이들이 꿈에도 갖고 싶어 하는 '요괴 워치(장난감시계)'였습니다. 가격이 만만찮아 망설였지만 너무 원하니까 큰마음 먹고 마련한 것이라네요. 그런대도 손자의 반응은 엉뚱하기만 합니다.

어디 작은손자만 그럴까요. 성탄절 선물에 관한 한, 이 땅의 엄마들은 투자는 하되 본전도 못 건지는 경우가 허다합니다. 그러나 실망할 필요는 없을 것 같습니다. 머지않아 산타 할아버지 대신 "산타 엄마 최고!" 하면서 품에 안길 테니까요.

# 줄도화돔 이야기

　줄도화돔이란 바닷고기가 있다. 고기의 색깔은 밝은 분홍색. 그 분홍색이 복숭아꽃처럼 아름답다고 해서 도화(桃花)라는 이름이 들어간 예쁜 물고기다.

　크기라고 해 봐야 10~13㎝. 산란기는 7~9월. 암수가 같이 짝을 이루지만 암컷은 육아에 대해서는 별 관심이 없다. 산란한 암컷이 제할 일 다 했다는 듯이 빈둥거리는 동안 수컷은 수정란을 자기 입속에 넣은 채 부화될 날을 기다린다.

　알이 부화되었다고 해서 수컷의 임무가 끝나는 것은 아니다. 아직도 어린 새끼들, 천적 앞에서는 너무 연약하다. 수컷은 치어들이 독립해도 좋을 만큼 자랄 때까지 입속에 넣어 보호한다. 그동안 수컷이 할 수 있는 일은 신선한 물과 공기를 공급하기 위해 입을 뻐끔거리는 일뿐, 아무것도 먹을 수 없다. 치어들이 아빠의 입을 떠나고 나면 수척해질 대로 수척해진 수컷은 그때서야 먹이를 찾아 나선다.

그래서일까. 선조들은, 줄도화돔이 새끼를 키우는 동안 먹지 못해 머리가 바늘처럼 가늘어진다고 해서 '침두어(枕頭魚)'라 불렀고 그 사랑을 '침두어 사랑'이라고 높이 평가했다. 하여, 줄도화돔은 헌신적인 부성애를 이야기할 때 빠지지 않는다.

같은 아파트단지에서 살던 아들이 이사를 갔다. 하나뿐인 손녀를 보다 나은 환경에서 키우고 싶어서란다. 자동차로 10분도 채 안 되는 곳이니 먼 곳도 아니다. 하지만 '지척이 천 리'라고 하지 않는가. 같은 단지에서 살 때는 된장찌개만 맛있게 끓여도 쪼르르 달려와서 먹고 놀다 갔지만 이사를 가고 나니 그것도 쉽지 않다. 따라서 손녀를 볼 기회도 그만큼 줄어들었다.

이사의 목적대로라면 5학년인 손녀를 새로 옮긴 집 옆의 학교로 전학시켜야 한다. 하지만 낯선 환경에 새로 적응해야 할 손녀의 고충을 헤아려 지금까지 다니던 학교에 그대로 다니게 배려했다. 그러자 통학이 문제점으로 남았다.

이론적으로는 간단했다. 새로 옮긴 집 앞의 버스정류소에서 버스를 탄 후, 학교 앞 정류소에서 내리면 되니까. 그러나 혼자서는 버스를 처음 타는 손녀, 등교 첫날부터 사고 아닌 사고를 쳤다. 노선번호는 같지만 집과는 반대 방향으로 가는 차를 탄 것이다.

버스가 생전 처음 보는 마을과 마을을 지나가자, 놀란 손녀가 운전기사에게 묻는다.

"아저씨, 이 차 대학병원 쪽으로 안 가요?"

할아버지가 쓴 육아 수필

"이런, 반대쪽 정류장에서 탔구나. 여기서 내려 줄 테니 건너편 정류소에서 바꿔 타렴."

왈칵 겁이 난 손녀가 아빠에게 도움을 요청하자 득달같이 달려간 아범, 이산가족 상봉이나 하는 듯이 손녀를 얼싸안았단다.

그 후, 아범은 우리 민요의 한가락처럼 '비가 오거나 눈이 오거나 억수장마가 지거나', '몸이 성할 때나 피로곤비할 때나' 시간이 허락하는 한 손녀를 승용차로 등교시키고 있다. 그런 아범이 안쓰러워서 버스로 통학하는 것을 습관화시키라고 했지만 고개를 흔든다. 험한 세상 불안해서 그렇게는 못하겠단다. 몸은 피곤하지만 마음은 편하다고 하니 더 권할 수도 없다. 그런 의미에서 아범은 손녀의 줄도화돔이다.

어쩌면 손녀는 그런 아빠를 보면서 '아버지라면 마땅히 해야 할 일'쯤으로 여길지도 모른다. 하지만 머지않아 손녀도 알게 될 게다. 아빠의 그 '애씀'이 의무가 아니라 사랑이었음을.

# 두벌새끼

경상도 사투리로 손자 손녀를 '두벌새끼'라고 부릅니다. 새끼의 새끼, 즉 자식의 자식이니 손자가 분명하지 않습니까. 그러니 산술적으로나 문법적으로 따진다고 해도 엉뚱한 표현은 아닙니다.

그렇다면 할아버지 할머니에게 있어 손자 손녀란 어떤 존재일까요? 정답은 상전(上典)입니다. 그래선지 가볍게 야단이라도 친 날이면 은근히 아이들의 눈치를 보게 됩니다. 이 녀석 정말 삐쳤으면 어떡하나 하는 염려 아닌 염려 때문이지요. 어디 그뿐이겠습니까. 할아버지와 할머니가 나누는 대화의 대부분은 손자 손녀를 중심축으로 하여 돌아갑니다.

어쩌다가 식탁에 불고기가 오르면 "원찬이가 제일 좋아하는데……." 하며 큰손자를 떠올립니다. 지하철을 타고 나들이할 때면 "원진이도 같이 탔으면 참 좋아하겠지." 지하철 없는 울산에 사는 작은손자를 생각합니다. 서점에 들러 책을 고르다가 재미있는 동화책을 발견하면 "지원이가 읽으면 깔깔 웃겠다." 글을 깨우친 손녀 생각을 합니다.

그러니까 3대 혹은 4대가 한집에 모여 살았던 때만 해도, 잘 키운 손자가 시원찮은 자식보다 할아버지 할머니를 더 편히 모신 경우가 허다했습니다. 그러나 조혼풍습이 사라지고 핵가족이 보편화되면서 조손(祖孫)이라는 고전적인 관념도 나날이 그 빛을 잃어 가고 있습니다.

만혼(晚婚)이 유행하고 있습니다. 너나없이 늦게 결혼하는 탓에 손자 덕을 보기는 어렵습니다. 아이는 아직 어리고 할아버지 할머니는 이미 늙어 버렸기 때문입니다. 그래서 할아버지와 할머니의 손자 손녀 사랑은 혼자만의 짝사랑일 수밖에 없습니다. 그 아이들에게서 돌려받을 수 있는 것은 한때의 즐거움과 아름다운 추억뿐이니까요.


손녀 지원이가 여덟 살 때였고 큰손자 원찬이가 여섯 살 때였습니다. 쭈글쭈글한 할머니의 손등을 만지던 손녀가 애처롭다는 듯이

"할머니 손이 너무 불쌍해요." 그러자 손자도 안쓰럽다는 표정으로 말했습니다.

"할머니 얼굴은 왜 찌글찌글해요?"

"네 아빠와 고모 키운다고 고생해서 그렇지."

"우리 아빠가 그렇게 말을 안 들었어요?"

이번에는 할머니의 대답이 궁색해질 차례입니다.

저네들의 나이가 한 살, 두 살 더 먹는 만큼 할머니의 주름살도 늘

어 갈 수밖에 없는 인생의 굴레에 대해 그 애들이 무엇을 알겠습니까마는 엄마에게는 없는 할머니의 주름살이 신기하면서도 걱정스러웠던 모양입니다.

마음이 짠했는지 할머니가 아이들을 꼭 껴안고 등을 토닥거려 줍니다. 아마 속으로는 이랬을 겁니다. "어이구, 귀여운 내 새끼."

할아버지 집을 떠날 때마다 "안녕히 계세요. 또 올게요."를 "안녕 가세요. 또 갈게요."라고 말하는 작은손자는 웃음보따리라는 선물을 안겨 줍니다.

손녀는 할아버지 집 현관을 나서면서 주머니란 주머니는 다 뒤집니다. 그럴듯한 게 없으면 자기가 먹으려고 넣어 둔 어린이용 영양제며 사탕 한 알이라도 꺼내어 "선물" 하며 할머니의 손에 쥐어 줍니다. 손녀는 지금 나름대로의 방법으로 할머니에 대한 애정을 표시하고 있는 것이겠지요.

할머니는 이런 손자 손녀의 사랑에 대해 보답이라도 하는 양, 두 며느리에게 된장·고추장·간장 등의 장류와 참기름을 직접 담그고 짜서 안겨 줍니다. 불량식품이 범람하고 있는 요즘, 오염된 식품 앞에 무방비로 노출되어 있는 '손자 손녀를 위해서'라는 단서를 붙이면서요. 할머니표 사랑이지요.

우당탕퉁탕 뛰고 구르며 정신을 어지럽히던 손녀 손자가 썰물처럼 집을 빠져나가면 할아버지는 해방감을 느끼며 휴우 한숨을 내쉽니다. 하지만 저 아이들이 없었다면 우리 인생은 그만큼 삭막해졌을 것

할아버지가 쓴 육아 수필

입니다. 희로애락(喜怒哀樂)이라는 인생 사계절 중에서 희(喜)라는 계절의 한 부분이 퇴색했을지도 모르는 일이니까요.

핏줄만 대를 이어 가는 것이 아니라 꿈도 대를 이어 갑니다. 손자 손녀는 이루지 못한 할아버지와 할머니의 꿈입니다. 그렇다고 해서 만인의 칭송을 받는 큰 인물이 되기를 바라는 것도 아닙니다. 어떤 길을 택하였던, 먼 훗날 자신이 걸어온 길을 되돌아보면서 "이만하면 되었다." 하고 만족할 수 있는 사람만 되어도 좋겠습니다.


은행나무를 공손수(公孫樹)라고 부릅니다. 심은 후, 손자 세대나 되어야 풍성한 수확을 볼 수 있기 때문이랍니다. 그렇다면 손자 손녀는 나와 아내의 공손수입니다.

요리 재료로 각광받는 열매, 동맥경화와 심장병의 치료약으로 쓰이는가 하면 좀과 곰팡이까지 죽이는 은행잎의 약효. 게다가 노랗게 물든 가을 잎의 풍치는 또 어떻습니까. 은행나무의 그런 장점까지 고루 갖춘 두벌새끼를 기대한다면 내 욕심이 너무 과한 것일까요.

## 행복휴대량

군사용어 가운데 '규정휴대량목록'이라는 것이 있다. 군(軍)의 보급품 목록을 말하며 이 목록은 '인가저장품목'과 '비인가저장품목'으로 나누어진다.

인가저장품목은 군부대의 주요 장비를 최선의 상태로 유지하기 위하여 단위부대가 항시 보유하고 있어야 할 필수 부품을 말한다. 반면에 비인가저장품목은 긴급을 요하지 않는 부품, 즉 필요할 때마다 청구하여 사용해도 큰 문제가 없는 품목이라고 보면 되겠다.

필수 품목의 적정량만 보유하겠다는 인가저장품목과 비인가저장품목의 구분은, 최소한의 예산으로 전력을 극대화시키려는 군대식 경영합리화로서 재고를 줄여 원가를 절감하려는 노력의 일환이다. 그렇다면 규정휴대량은 군대뿐만 아니라 서민들의 가계부에도 필요한 목록 아닌가.

우리 집에도 규정휴대량목록이 있다. 그렇다고 해서 그게 군대의 부품목록처럼 대단한 것은 아니다. 그리고 그 목록은 아내 것과 나의 것으로 나누어진다. 아내의 인가저장품목은 단순하다. 주말이면 찾아오는 아들 내외가,

"어머니, 오늘은 닭볶음을 먹고 싶습니다."

손자가 "옥수수 삶아 주세요." 하면 손녀도 거든다.

"수육을 해 주든지 소고기를 뿌글뿌글(전골)해 주든가 하세요." 등등, 주문도 다양하다. 그러나 웬만한 주문은 냉장고 문을 열면서 해결된다.

그래서일까. 며느리는 우리 집의 냉장고를 요술항아리라고 부른다. 저 작은 냉장고 안에, 요구하는 음식 재료가 어떻게 다 들어 있을 수 있나 하는 감탄사다. 그러나 그건 요술도 아니고 마술도 아니다. 자식들과 손자의 식성을 아는 아내가, 아이들이 찾아올 즈음에 미리 사다 둔 것이고 대부분의 재고는 그때그때 소진된다.

자식들이 좋아하는 음식을 만들어 주고, 맛있게 먹는 것을 보면서 즐거워하는 것, 그것이 아내의 행복이다. "행복은 멀리 있는 것이 아니라 손에 닿는 가까운 곳에 있다."는 평소 소신 그대로다.

그뿐이랴. 행복은 백화점에 산더미처럼 쌓여 있는 상품 속에 있는 것이 아니라 우리 집의 작은 냉장고 안에 숨어 있었다며 흡족해한다. 그래서 아내는 가족이 좋아하는 음식 재료 몇 가지를 인가저장품목으로 선정하고 있다.

나의 인가저장품목은 좀 별나다. 붓, 먹, 벼루, 종이가 선비들의

문방사우라면 내가 준비해 두어야 할 문방사우는 연필, 도화지, 크레용, 색종이다.

아빠를 따라온 손녀 손자가 책 읽고, 그림 그리고, 뛰고 구르며 한바탕 난리를 치고 돌아가면 나는 곧바로 문방사우의 재고 파악에 들어간다. 다른 품목은 한번 구입하면 오래 쓸 수 있지만, 문제는 색종이와 도화지다. 너무 많이 사용하여 감당할 수 없기 때문이다.

"그림 그리게 큰 종이 주세요."

도화지보다 더 큰 종이를 원하는 꼬마 손님의 요구다. 나는 그 큰 종이의 수요를 달력으로 해결한다. 달력의 뒷면을 화선지로 활용할 수 있으니까.

유치원에 다니는 손녀는 꽃과 할머니 할아버지 등, 아는 얼굴을 즐겨 그린다. 네 살짜리 큰손자가 좋아하는 그림은 공룡과 자동차다. 그리다가 마음에 들지 않으면 대신 그려 달라고 조른다. 그리고 두 돌이 지난 작은손자는 마구잡이 황칠로 방바닥까지 칠갑한다.

색종이는 손녀의 전유물이다. 손녀는 일회용 컵이나 꽃, 배, 등을 예쁘게 접어서 할머니에게 선물한다. 그러나 그보다 더 할머니를 기쁘게 하는 것은 편지다.

'할머니 할아버지, 사랑해요.'

손녀는 색종이에 괴발개발 쓴 편지를 연애편지마냥 곱게 접어서 준다. 편지를 받은 할머니와 할아버지는 무슨 내용일까 자못 궁금하다. 한번은 '100/2'이라는 요령부득의 편지가 왔기에 무슨 뜻이냐고 물었더니 할아버지 점수란다.

"할아버지만 100점이 두 개면 할머니가 서운하시잖아." 지적했더니 순간 난처한 표정을 짓던 손녀, "두 사람 다 100점이에요." 2는 두 사람을 뜻한다며 순간적인 재치로 곤란한 입장에서 벗어난다.

누나가 그렇게 편지를 보낼 때, 신기하다는 듯이 구경만 하던 손자도 다섯 살이 되더니 '할머니, 생신 축하드려요.' 하고 편지를 보내왔다. 그렇게 해서 우리 집의 문방사우는 아내와 나를 행복하게 하는 소도구가 되었다.

여기서 법정스님의 행복에 대한 견해를 잠시 빌리자.

"행복의 비결은 필요한 것을 얼마나 가지고 있느냐가 아니라 불필요한 것에서 얼마나 자유로워지는가에 있다."

그렇다면, 자신이 불행하다고 느끼는 사람은 불필요한 것에 너무 집착하고 있는 까닭인지도 모른다.


경제적인 면에서 우리 집은 별 여유가 없다. 아내와 내가 몸을 누일 수 있고, 주말이면 찾아오는 아들 내외와 손자들이 쉬었다 갈 수 있을 정도인 방 3개짜리 서민 아파트다. 한마디로 표현하자면 그냥 남에게 손 벌리지 않을 정도다.

아내와 나라고 해서 더 좋은 집과 고급 가구, 호화로운 생활을 마다할 리 없다. 그러나 그런 능력도 없고 재주도 없다. 그 시원찮은 능력을 포장하기 위해, '풍요가 때로는 불행의 원인이 되기도 한다.'는 말을 자기 위안의 도구로 삼는다. 꼭 필요한 것만 있어도 얼마든지 행복할 수 있다는 자기최면 속에서 산다.

작은 냉장고 안을 잘 먹지 않은 것, 제때 찾지 않은 음식 재료로 채울 수는 없다. 코흘리개 손녀 손자가 그림 그리기를 좋아한다고 해서 크레용 대신 파스텔, 도화지 대신 캔버스를 마련해 줄 수도 없다. 그건 인가저장품목의 원칙에도 어긋나는 것이니까. 꼭 필요한 것만으로 냉장고를 채우는 아내. 그리고 해 지난 달력까지도 버리지 못하는 나. 우리는 때때로 그것만으로도 행복해한다.

 허술한 곳간에다 비인가저장품목까지 억지로 밀어 넣을 수는 없다. 곧 무너질 테니까. 그래서 규정휴대량목록은 선택목록이다. 무엇을 얼마나 선택하느냐에 따라 행복할 수도, 불행할 수도 있다. 그런 의미에서 우리 집의 규정휴대량은 행복휴대량이다.

# 방울토마토

우리 집의 베란다는 미니 과수원이다. 한라봉이며 꽃사과, 몽키바나나와 블루베리, 심지어는 구아바까지 들어서서 좁은 베란다를 점령하고 있다.

큰애가, 아파트에 갇혀 흙 한 번 제대로 밟아 보지 못하는 손녀를 위해 구입한 묘목들이다. 잎이 나면 꽃이 피고, 꽃이 떨어진 자리에 열매가 맺혀 시나브로 익어 가는 과정을 통해 자연의 경이로움을 알려 주고 싶어서란다.

아들의 희망과는 달리 열매는 좀처럼 맺히지 않았다. 나무의 나이로 따진다면 격양가를 부를 때가 이미 지났건만 지금까지 수확한 것은 한라봉 두 개와 구아바 하나가 전부다.

해마다 흙을 갈아 주고 비료도 넉넉하게 넣어 준다. 또 목마르지 않도록 물도 충분히 뿌려 주고, 꽃이 피면 벌과 나비 대신 붓으로 정받이도 시켜 준다. 그런데도 왜 열매가 맺히지 않을까. 맺힌 열매는 왜 자꾸 떨어질까.

어쩌면 그건 뻗어 나가고 싶은 뿌리의 본성을 차단하는 화분이라는 차가운 벽과 순수한 자연과는 단절된 베란다에서 자라야 하는 나무의 갈증 때문인지도 모른다. 자연은 자연 그대로일 때 가장 아름답고 풍성해지는 법이니까. 늘 실망하는 손녀와 손자. 그러자 아내가 수종을 추가했다. 방울토마토다.


내가 살고 있는 아파트는 건축계에서 말하는 3bay 형식이다. 한 줄로 늘어선 큰방과 거실, 작은방 앞이 모두 베란다라는 이야기다. 집을 계약할 때 건설회사에 새시까지 의뢰했다. 영세한 업체에 개인적으로 맡기는 것보다는 튼튼하게 시공할 것이라는 기대감 때문이었다.

그러나 문제가 생겼다. 사설업체에서 작업한 집은 3칸 모두 바깥쪽에 새시를 부착하여 보기에도 좋았지만 회사에 의뢰한 집은 화단용으로 만든 발코니 앞이 뻐끔했다. 화단 바깥쪽이 아닌 안쪽에 새시를 설치했기 때문이다. 분양사무실에 항의했더니 법규가 그러니 어쩔 수 없단다. 그러나 이빨 빠진 것 같아 보이는 화단용 발코니가 얼마나 유용한지는 살아 본 후에야 알 수 있었다.

공간도 마련되었고 안쪽에 설치한 새시 때문에 냄새가 실내로 스며들 염려도 없다. 아내는 그 발코니를 장독대로 활용했다.

해서, 햇살을 받아 반짝반짝 빛나는 장독 안에는 된장이며 간장과 고추장, 멸치젓갈이 익어 간다. 넉넉하게 담근 뒤 두 며느리에게 나누어 주고, 친척들에게도 선물로 주어 신세진 것도 갚는다. 그러고도 남는 자리에 방울토마토를 심은 것이다.

앞이 훤히 트인 그 화단에는, 겨울이면 눈송이가 날아들고 봄부터 가을까지는 비가 찾아온다. 꽃이 피면 바람이 정받이를 시켜 주고 아주 가끔은 길 잃은 잠자리와 벌이 피곤한 날개를 쉬려 왔다가 바람의 일손을 돕기도 한다. 그렇게 해서 13층 허공에 떠 있는 장독대와 방울토마토 화분은 우리 집의 공중정원이 되었다.

아메리카대륙이 원산지인 방울토마토는 가짓과에 속하는 한해살이풀이다. 따라서 과일이 아니라 채소에 속한다. 5월에서 7월 사이에 작고 앙증맞은 노랑꽃이 핀 뒤 열매가 달려 7월이나 8월께 익는다. 열매의 지름이라야 2~3㎝ 정도여서 이름 그대로 작은 방울을 닮았다. 그러나 당도는 토마토보다 높고 한입에 넣기도 좋아서 그 인기는 토마토를 능가한다.

손녀 손자가 셋이니 화분도 세 개고 모종도 세 포기다. 화분에 담긴 흙을 대지로 삼아 뿌리를 내린 방울토마토는 재미가 날 만큼 잘 자랐다. 갈라진 가지 마디마디마다 꽃이 피고 열매가 달리더니 파랑에서 노랑으로 노랑에서 황금색으로 익어 간다. 은방울에서 금방울로 변하는 것이 마치 스스로 신분 상승을 꾀하는 것 같고, 가지가 휘어지도록 달린 열매는 풍요와 다산의 상징 같다.

풍년이 들자 신이 난 것은 손녀와 손자다. 할아버지 집에 들를 때마다 할아버지와 할머니의 안부보다 방울토마토의 근황을 더 궁금해

한다. 그리고 그 궁금증에는 아이들의 성격도 묻어 있다.

6살 손녀는 익은 것은 물론 덜 익은 것까지 탐을 낸다. 더러 덤비다가 가지를 부러트리기도 한다. 그러나 두 살 어린 큰손자는 다르다. 할머니가

"아직 덜 익었으니 다음에 와서 따 먹어라." 이르면 참을 줄도 안다. 하지만

"원진아, 우리 익으면 따 먹자." 동생을 달래는 큰손자의 어조에는 아쉬움이 잔뜩 묻어 있다. 그러다 보니 할아버지와 할머니 몫은 아예 없다.

손녀와 손자는 지금, 덜 익은 과일은 따야 소용없다는 것, 과일 맛을 제대로 보기 위해서는 기다릴 줄도 알아야 한다는 자연의 이치를 배우고 있는 것이다.


아내는 토마토를 따 먹으며 즐거워하는 아이들의 해맑은 웃음소리를 수고에 대한 보상으로 받고, 어쩌다 한 번씩 물이나 주는 나는 주렁주렁 매달린 열매를 보며 내 손녀 손자도 저 방울토마토처럼 아기자기하면서도 풍요로운 삶을 살기를 기원한다. 은방울이 금방울로 변하는 것처럼 스스로 삶의 가치를 상승시키는 지혜로운 삶을 살기 바란다.

내년에는 화분을 하나 더 마련하여 온전히 아내와 내 몫의 방울토마토를 따로 심어야겠다. 땀 흘려 농사를 지었다면 농부의 입에도 들어가는 게 있어야 마땅하니까. 어쩌면 그 한 그루의 방울토마토가 아

내와 나의 또 다른 즐거움이 될 수도 있으리라는 기대감으로 벌써 마음이 들뜬다.

# 장미와 장다리

　언제부터인가 우리 사회는 루키즘(lookism: 외모지상주의)이라는 희한한 병을 앓고 있다. 작은 키보다는 큰 키, 못난 얼굴보다는 잘난 얼굴을 선호한다. 그러다 보니 평균 신장이지만 작아 보이고, 평범한 얼굴은 아예 못난이 대접을 받는다. 이런 풍조에 덧칠하는 곳이 기업체다. 작은 키보다는 큰 키, 평범한 얼굴보다는 잘생긴 얼굴을 우선적으로 채용한다. 성적보다는 외모가 우선이다.

　배우나 패션모델 선발이라면 이해라도 할 수 있지만, 키나 외모와는 전혀 관계가 없는 직종에 근무할 직원에게도 이 기준을 적용한다는 게 문제다. 그래서일까? 오늘의 부모들은 자녀를 장미꽃같이 아름답고, 장다리처럼 늘씬하게 키우기 위해 온갖 수고를 마다하지 않는다.

　그래선지 취업 준비생에게 성형수술은 필수처럼 되었고, 중·고등학생까지도 얼굴에 칼 대는 것을 두려워하지 않는다. 키는 또 어떤

가. 마치 '누가 더 크나' 경진대회라도 열린 것 같다. 이러다간 사람 사는 곳마다 장미와 장다리만 무성할지도 모른다는 불길한 예감마저 든다.

전문가들은 인간의 신체 조건은 유전적 요인 23%, 후천적 요인 77%에 의해 결정된다고 말한다. 그러면서 자녀의 키가 걱정스럽다면, 성장호르몬의 정상적인 분비를 막는 비만과 스트레스를 경계하라고 권한다. 영양 불균형과 유아기의 수면 부족도 절대적으로 피해야 할 항목으로 꼽는다. 아울러 성장판을 자극하는 줄넘기와 농구, 자전거 타기와 성장에 도움을 주는 보약을 먹이라고 추천한다. 그래도 안 되면 수술까지 하란다. 그랬었는데 이번에는 보약을 먹였더니 성조숙증이 와서 뼈의 성장판이 일찍 닫혔다며 또 난리다.

$$163+162=187$$
$$187+161=?$$

알쏭달쏭한 산수다. 하지만 눈치 빠른 사람이라면, '163㎝의 할아버지와 162㎝의 할머니 사이에서 187㎝의 아들이 태어났다면, 187㎝의 아빠와 161㎝의 엄마 사이에서 태어난 손자의 키는 얼마?'라는 문제임을 쉽게 짐작할 것 같다.

우리 집의 경우, 초등학교 2학년인 큰손자는 반에서 키가 제일 클 정도로 훤칠하고 1학년 작은손자는 작은 축에 속한다. 두 손자의 키 차이는 14㎝, 22개월의 출생 시차를 감안하더라도 상당한 차이다.

큰손자는 편식하지만 작은손자는 골고루 먹는다. 게다가 저녁 숟가락을 들고도 꾸벅꾸벅 조는 잠꾸러기다. 전문가의 논리대로라면 작은손자가 더 커야 한다. 하지만 큰손자는 많이 먹고 작은 손자는 밥상 앞에서 깨지락거리며 억지로 먹는다. 어쩌면 그것도 원인 중의 하나일 수 있겠다. 맛있게 먹는 것, 그게 건강의 지름길이니까.

'옷은 아무렇게 입혀도 먹는 것은 제대로 먹이자.' 예전에 우리 아이들을 키울 때, 아내의 육아 지침이었다. 그런 연유로 성장호르몬이 많이 분비되는 반찬 위주로 식단을 꾸몄다. 먹기 싫어해도 억지로 먹였다. 언제든지 매달릴 수 있도록 아이들의 방문 위에 간이 철봉대도 설치했다. 그래선지 아들 딸 모두 튼실하게 잘 자라 주었다. 결국 전문가들이 제시한 여러 조건도 요약해 보면 '마음 편히 잘 먹고 잘 자며 열심히 운동하게 하라'는 것 아닌가.

한집에 살지 않아서 손자의 식탁에 무슨 반찬이 얼마만큼 오르는지는 자세히 모른다. 하지만 아범과 어멈이 할아버지 할머니보다 많이 배웠고, 우리 때보다는 경제적인 여유도 있으니 더 잘 먹이고 더 잘 키울 게 분명하다. 그런데도 손녀와 작은손자의 키가 신경 쓰이는 것은 할아버지로서의 측은지심 때문이리라.

옛말에 '키 크면 싱겁고 작으면 야물다' 했지만 두 손자의 경우는 정반대다. 키다리 큰손자는 싱겁기는커녕 너무 짜고 여물어서 탈이다. 가지고 놀던 장난감은 제자리에 정리 정돈해 두어야 마음이 편했고 어지러워진 책상도 깨끗하게 치워야 직성이 풀린다. 그에 비해 작은손자는 대충대충이다. 느긋하면서도 익살스럽다. 그런 점에서는 어질러 놓기 선수인 손녀도 다르지 않다. 그렇게 보면 성격과 키에 대한 속담도 '경우의 수'일 뿐 정답은 아니다.

이 세상에 까닭 없이 태어난 생명은 없다고 했다. 풀 한 포기, 작은 새 한 마리까지도 제 할 일을 안고 태어난단다. 그러기에 모든 사물이 질서를 지킬 때, 세상이라는 공동체는 원활하게 굴러간다.

사람 또한 마찬가지다. 키 큰 사람과 작은 사람, 못난 사람과 잘난 사람, 재주 있는 사람과 없는 사람이 제자리에서 제 역할을 다할 때 아름다운 세상이 된다. 한 손에 달린 손가락의 길이도 다 다르지만 그 다름이 손의 기능을 극대화시키고 있지 않는가.

따라서 내 손녀 손자의 키에 대해 지나치게 연연할 필요는 없을 것 같다. 장미도 좋고 장다리도 좋지만 우선 속이 꽉 찬 사람으로 성장하기 바란다. 다행스럽게도 1학년 때는 맨 앞줄에 섰던 손녀와 작은 손자도 3학년이 되더니 학급의 중간 자리를 차지했다. 그러니 섣불리 예단하지도 말아야겠다. 아직 어린애들 아닌가. 앞으로 그 애들의 키가 얼마만큼 자랄지 누가 알겠는가.

# 재봉틀

인간이 꿈꾸어 온 이상향이 숨어 있다는 샹그릴라. 그 샹그릴라로 가는 길목에 자리 잡은 장족(藏族) 마을의 불탑. 몇 사람의 장족 여인이 불교경전을 넣은 마니차를 돌리고 있다. 그 가운데 아내의 얼굴도 보인다.

티베트인들은 마니차를 돌릴 때마다 경전을 한 번 읽는 것만큼의 공덕이 쌓인다고 믿는다. 마니차를 돌린다는 것은 신에게 가까이 가기 위함이고, 신과 가까워지기 위해서는 신의 뜻에 따라야 한다. 그들은 마니차를 돌리면서 신의 뜻을 헤아리며 자신을 돌아본다. 현세에서의 행복과 내세에서의 보다 나은 삶을 기원한다.

경상북도 예천읍 용문면. 소백산 자락에 고즈넉이 자리 잡은 용문사는 고려 명종이 태자의 태를 안치한 후, 세종대왕의 정비 소헌 왕후와 정조의 장남 문효 세자의 태실이 봉안된 명찰이지만 그보다 더 불자들의 시선을 끄는 것은 대장전의 윤장대다.

　고려 명종 20년에 제작된 윤장대는 불교 경전이 들어 있는 한국판 마니차다. 불자들은 일 년에 두 번, 삼월 삼짇날과 구월 구일이면 윤장대를 돌리면서 소원을 빈다. 그 소원이 해탈의 경지에 들어서고 싶다는 식의 거창한 꿈은 아니다. 그저 가족 모두가 건강하고 화목하기를, 욕심이며 아집 등 무거운 짐을 벗어 버리고 빈 마음으로 살게 해 달라는 소박한 염원이다.

　그런 관점에서 볼 때, 마니차를 돌리는 티베트인이나 윤장대를 돌리는 불자들의 마음은 다르지 않다. 그러나 그렇게 비운 자리에는 또 다른 욕심이 들어와서 앉는다. 인간의 마음은 '비움'과 '채움'이라는 썰물과 밀물이 반복하여 출렁이는 유리잔 속의 바다 같으니까. 그래서 쉽게 깨어지고 쏟아진다. 그리되면 또 다른 소원을 빌기 위해 윤장대를 찾는다.


　우리 집에는 아내를 따라 시집온 낡은 손재봉틀이 있다. 아내의 재봉 솜씨는 프로에는 못 미치지만 아마추어치고는 제법이다. 그래서 재봉틀을 사용하여 아이들의 활동복을 만들어 입혔고 유행이 지난 옷도 말짱하게 고쳤다. 커튼을 만들어 창문을 가렸고, 이불잇이며 베갯잇을 만들 때도 재봉틀의 도움을 받았다. 그랬다. 아내에게 있어 재봉은 생활의 일부분이었다.

　아내가 만들어 준 옷을 입고 골목을 내달리던 자식들은 이미 어른이 되어 일가를 이루었으니 아내가 솜씨를 뽐낼 일은 별로 없다. 게다가 튼튼한 옷보다는 세련된 옷을 고집하는 요즘, 손자 손녀에게 투박한 옷을 만들어 입힐 수도 없다. 하여, 소매가 낡은 옷을 조끼로 개조한다거나 손녀가 부탁한 꼬마 방석이며 앞치마를 만들어 선물하는 것으로 향수를 달랜다.

우리 부부가 신접살림을 차린 지도 45년이 흘렀다. 불민한 남편과 세 아이의 치다꺼리를 하는 동안 아내의 마음에 쌓인 앙금과 회한이 왜 없었겠는가. 그래선지 지금도 아내는 비가 내려 울적한 날이거나 바람 불어 어수선한 날, 또는 공연히 심란하여 마음 둘 데 없는 날이면 재봉틀 앞에 앉는다.

돌돌거리는 회전음을 들으며 바느질에 몰두하다 보면 어느새 모든 잡념은 사라지고 그렇게 마음 편할 수가 없단다. 그렇다면 아내가 재봉틀 앞에 앉는 이유는 무언가를 만들기 위해서라기보다는 꼬집어 말할 수 없는 응어리를 풀기 위함일지도 모른다. 아내가 풀어 버리고 싶었던 것은 아쉬움일까, 서러움일까, 아니면 그리움일까.

아내는 재봉틀을 가장 가까운 친구라고 부른다. 언제든지 부르기만 하면 나오는 말 잘 듣는 친구. 무슨 부탁을 해도 불평하지 않는 친구. 평생을 사귀어도 감정 상할 일 없는 마음 편한 친구가 재봉틀이란다.

그런 아내를 보는 내 마음은 착잡하다. 오죽하면 저 나이에 가장 좋은 친구가 재봉틀일까? 마치 내 잘못인 것 같아서 마음이 불편하다. 그런가 하면 변하지 않는 단짝친구가 있다는 사실이 은근히 부러워지기도 한다.

샹그릴라는 '마음속에 뜨는 해와 달'이라는 뜻이다. 우리가 바라는 이상향은 내 마음속에 있다는 의미다. 그렇다면 샹그릴라는 마니차를 돌리는 티베트인의 마음속에, 윤장대를 돌리는 불자들의 마음속에, 그리고 재봉틀의 돌림바퀴를 돌리는 아내의 마음속에 이미 들어와 있는지도 모르겠다.

할머니가 재봉틀로 이것저것 만드는 것이 너무너무 신기하고 재미있어 보였던지 아홉 살 손녀가 저도 가르쳐 달라면서 보챈다. 그러나 할머니가 쉽게 허락할 리 없다.

"안 돼, 바늘에 손가락을 찔릴 수도 있고 부러진 바늘 때문에 다칠 수도 있으니까 좀 더 큰 다음에 배우렴."

"그게 언젠데요?"

"으음, 지원이가 중학생쯤 되면 가르쳐 줄게."

손녀는 자못 아쉬운 듯, 그나마 다행인 듯, 새끼손가락을 걸고 엄지손가락으로 도장을 찍은 뒤, 그 정도로는 못미더운지 손바닥을 마주 비벼 복사까지 한 다음에야 할머니의 손을 놓아준다.

하지만 나는 내 손녀가 나이 들어 '재봉틀과 친구 되기'를 원하지 않는다. 재봉틀 같은 건 곁에 두지 않아도 좋을 만큼 유복하기를 바란다. 파파 할머니가 될 때까지 보람 있는 일을 하며 살기 바란다. 세상에는 재봉일보다 더 즐겁고 가치 있는 일이 좀 많은가.

허나 인생의 길을 그 누가 알랴. 배워서 남 주는 일은 없으니 재봉

틀처럼 변함없는 친구를 미리 사귀어 두는 것도 나쁠 게 없다는 생각
도 슬그머니 똬리를 튼다. 어떤 게 더 나은 길일까?

# 검은등뻐꾸기의 추억

장군봉 정상으로 가는 길은 들머리부터 가팔랐다. 얼마 오르지 않았는데도 숨이 차고 이마에 땀이 맺힌다. 울창한 숲이 길을 덮고 있어 바람마저 없다. 더위와 싸우며 험한 바위 봉우리 위에 올라서니 그제야 시야가 열리고 슬금슬금 바람이 밀려온다.

숲에서 검은등뻐꾸기가 울기 시작했다. 그 소리를 듣는 순간 아내와 나는 합창하듯이 새 이름을 불렀다. "아! 웃기시네우따새." 그리고 새소리를 따라 잠시 시간 여행을 떠난다.

30여 년 전에도 등산이 취미였던 아내와 나는 짬 날 때마다 초등학생인 첫째와 둘째, 유치원생 막내의 손을 잡고 산을 찾았다. 검은등뻐꾸기와 우리 가족의 인연이 시작된 것도 그때부터였다.

새의 울음소리는 특이했다. 네 음절로 된 그 소리는 기분에 따라 다른 소리로 들렸다. '하하하하' 웃는가 하면, '랄랄랄라' 노래하는 것처럼 들리기도 했다. 지친 아이들을 격려할 때면 '하면 된다'로 바뀐다. 그러나 된비알을 오를 때면 영락없이 '웃기시네'로 들렸다. 도로 내려갈 산을 땀 뻘뻘 흘리며 오르는 모습이 새의 눈에도 우습게 보였나 보다.

그 후 우리는 생김새도 이름도 모르는 그 새를, 우리를 따라다니면서 '웃기시네 웃기시네' 하고 놀린다는 뜻에서 '웃기시네우따새'라고 명명했다. 그리고 지금도 학명인 검은등뻐꾸기보다는 '웃기시네우따새'라는 별명에 더 애착을 느끼고 있다.

사람의 청각도 시속을 따라 변하는가. 요즘의 등산객들은 검은등뻐꾸기를 가수 송대관이 부른 '네 박자 쿵딱'에 빗대어 '송대관새'라 부르는가 하면, 옷이란 옷은 죄다 벗고 싶을 만큼 무더운 산길에서는 '홀딱벗고새'라고 부른다.

마음이 소리를 만들고 소리가 마음을 만든다. 마음의 상태에 따라 '웃기시네'도 되고 '하면 된다'로 들리기도 한다. 그랬다. 문제는 새가 아니라 사람의 마음이었다. 그래서일까. 불가(佛家)에서도 극락과 지옥은 마음속에 같이 있다고 가르친다.


아무리 튼튼해도 아이는 아이다. 그때의 우리 애들도 산길로 들어서기만 하면 수시로 먹을 것을 찾았다. 이른바 에너지를 보충해 달라는 것이다. 큰애의 선창,

"에너지 고갈 1분 전, 30초 전, 20초 전, 10초 전······."

이때부터 세 남매의 합동 카운터다운이 시작되었다.

"9, 8, 7, ······, 3, 2, 1, 제로."

제로와 동시에 길섶에 주저앉는다. 그러면 나는 배낭 속의 간식거리를 찾아 나누어 준다. 비스킷 한 봉지와 사탕 몇 알에 신이 난 아이들은 거짓말처럼 일어나서 다시 걸었다.

"아버지, 얼마나 더 가야 해요?"

"응, 이제 10분만 더 가면 돼."

그러나 그 10분은 우주의 원리를 창세 이전으로 되돌리는 혼돈의 시간이었다. 왜냐면 10분이 한참 지난 뒤 다시 물어오면 6분 남았다 했고, 6분이 두 곱 정도 지난 뒤에 또다시 물으면 이제 정상이 멀지 않았다고 했으니까.

나의 10분과 6분은, 그때마다 조금만 더 힘을 내면 정상에 설 수 있다는 희망의 신호였다. 아이들에게 할 수 있다는 자신감을 심어 주었고, 그 자신감은 또 다른 에너지원이 되었다.

밝히지 않은 속내도 있었다. 물처럼 흘러가는 것이 인생이지만 노력 없이는 아무것도 얻을 수 없다는 평범한 진리를 등산을 통해 깨우친 아이들이, 아버지보다는 더 나은 삶을 살기 원했다. 삶이 버겁다 싶을 때마다 나무뿌리를 잡고서라도 기어이 정상에 올랐던 어린 시절을 떠올리며 다시 일어서는 강인한 정신력을 길러 주고 싶어서였다.

그래서일까. 세 아이 모두 별 탈 없이 자라서 어른이 되었고 그때의 저만한 아들과 딸을 키우며 살고 있다. 그러나 나의 기대와는 달리, 이 핑계 저 핑계 대며 생각보다는 산을 가까이 하지 않는다. 따라서 손녀 손자가 산에 올라 산기운에 취할 기회도 그만큼 줄어들었다.

요즘 아이들은 우리 세대의 아이들에 비해 허약하다고 한다. 그래서 끈기와 지구력 부족으로 쉽게 지치고 포기한단다. 그건 자녀들과 산을 오르내리기보다는 학원에 보내는 일이 더 소중하다고 믿을 수밖에 없는 사회 풍조 때문인지도 모르겠다.

그렇다면 내 손자와 손녀는 어떨까. 다행스럽게도 두 손자는 제 아빠처럼 에너지만 적절하게 보충해 주면 산길도 잘 걷는다. 큰손자보다는 작은손자가 더 씩씩하다. 그러나 손녀는 다르다. 유치원에서는 지치지도 않고 뛰어놀지만, 산길에 들어서면 제 아빠 등에 업힐 생각부터 한다. 무남독녀의 어리광이라고 생각할 수도 있겠지만 그만큼 산길을 걸을 기회가 적었다는 뜻도 된다.

어떻게 해야 할까. 마음 같아서는 할아버지와 할머니가 아빠 엄마 대신, 손자 손녀와 등산하면서 그 애들에게 끈기와 도전정신을 길러 주고 싶다. 산을 오르내리는 동안 메뚜기와 사마귀, 벌과 나비, 구절초와 들국화를 구별하는 법도 알려 주고 싶다.

어디 그뿐이랴. 나뭇잎을 흔드는 바람 소리, 풀벌레 소리, 절집 연못 위에 떨어지는 빗소리도 들려주고 싶다. 그 역시 자연의 경이로운 합창이니까.

그렇게 산길을 걷다가 행여 검은등뻐꾸기 소리라도 들리면 '아! 웃기시네우따새' 하며 옛 추억을 나누어 준다면 얼마나 재미있어 할까. 하지만 이 일을 어쩌면 좋을까. 손자는 멀리 떨어져 살고, 가까이 있는 초등학생 손녀는 학교 공부하랴 학원에 가랴 "맨날맨날 바쁘다"는 것을.

# 할매와 할머니

　살포시 숙인 고개, 지그시 감은 눈, 두 손을 소매 속에 넣은 채 단아한 자세로 정좌한 모습은 엄숙하다. 그러면서도 부드럽다. 옷차림은 또 어떤가. 가사를 걸치고 계시지만 우리네 할머니들이 입었던 치마저고리와 크게 달라 보이지 않는다.

　기분이 언짢으신 걸까. 아니면 말 못할 근심이라도 있어 홀로 속을 끓이고 계신 걸까. 또 아니면 무언가 흐뭇한 일이 있지만 속내를 들킬세라 미소를 참고 계시는 걸까. 그도 아니라면 사유의 세계를 순례하고 계신 것일까.

　사람과 사람의 응대는 거울에 비친 자기 모습을 보는 것과 같다더니 부처와 사람의 관계도 다르지 않는 모양이다. 그래선지 보는 사람의 마음에 따라 불상의 표정도 달라 보인다.

　슬픈 눈으로 보면 슬퍼 보이지만 환하게 열린 눈으로 바라보면 어느새 미소를 짓고 계신다. 하여, 그 은근한 미소와 부드러운 표정은 부처님이라기보다는 이웃집 할머니처럼 친근한 모습이었다. 그래서일까. 산 전체가 세계문화유산으로 지정된 경주 남산의 부처골에 자리 잡은 감실석불좌상을 처음 본 나의 감탄사는 "아! 감실할매!"였다.

천 년 전, 이름 모를 석공은 하필이면 부처님의 얼굴을 여성스럽게 조각했을까. 어쩌면 그는 한 번도 본 적 없는 부처님 대신에 자신의 기억 속에 아련히 남아 있는 할머니의 얼굴을 떠올리며 바위를 다듬었을지도 모를 일이다.

그 시절의 할머니는 엄마 아닌 엄마였다. 살림살이며 들일에서 길쌈까지, 눈 붙일 여가마저 없었던 엄마를 대신한 것은 언제나 할머니였다.

미음이며 암죽을 끓여 주린 배를 채워 준 것도, 고사리손을 잡고 마을 구경을 시켜 준 것도, 등에 업힌 손자에게 자장가를 불러 준 것도 할머니였으며 잘까 말까 망설이는 손자의 귀에 옛 이야기를 들려 준 것도 할머니였다. 따라서 할머니와 손자의 정은 가까이한 시간만큼, 서로의 체온만큼 데워졌다. 하지만 세월은 모든 것을 변하게 한다. 그렇다면 요즘의 손자와 할머니 사이는 예전과 같을까, 달라졌을까.

핵가족이 보편화됨에 따라 얼굴 마주보기도 쉽지 않다. 게다가 시어머니의 사고방식이며 행동거지를 '구시대의 유물' 정도로 여겨서 자식 맡기기를 꺼리는 신세대 며느리와 "네 자식은 네가 키워라. 나도 편히 쉬고 싶다."는 할머니의 권리선언이 맞물려 할머니와 손자가 체온을 나눌 수 있는 시간도 점점 줄어들고 있다. 몸이 멀어지면 마음도 멀어진다 했는데……

　나에게는 두 분의 할머니가 계신다. 친할머니는 아주 어렸을 적에 돌아가셨으니 얼굴도 모른다. 재취로 들어오신 두 번째 할머니는 아버지와는 두 살, 어머니보다는 네 살 많으셨다. 졸지에 동무뻘 되는 어머니와 시어머니를 맞이한 부모님도 부모님이지만, 당황하기는 할머니도 마찬가지였을 것이다.
　그런 할머니가 기댈 곳은 할아버지뿐이었고 할아버지는 할머니의 기대를 외면하지 않으셨다. 호랑이아빠 역을 서슴지 않고 맡으신 것이다. 그 기세에 편승하여 할머니도 할아버지를 닮아 가기 시작했다. 하지만 할머니의 매서운 시선은 버거운 아들보다는 만만한 며느리에게 집중될 수밖에 없었고, 어머니는 뒤늦게 찾아온 시집살이로 마음 편할 날이 없으셨단다.
　아들과 며느리에게는 무서운 계모였지만 손자인 나에게는 다정한 할머니셨다. 찾아갈 때마다 머리를 쓰다듬어 주셨고, 제사용으로 숨겨 두었던 대추와 밤도 아끼지 않고 꺼내 주셨다. 전실 자식이나 손자나 피 한 방울 섞이지 않은 것은 마찬가진데도 유독 손자만 어여뻐하신 이유는 무엇이었을까. 할머니는 힘겨루기의 대상이었던 아들과 며느리를 피해 손자의 즐거워하는 모습을 보며 당신의 외로움을 달래고 싶었을지도 모른다.

결혼 후, 시골에 계시는 할머니께 첫 인사를 드리는 날이었다. 할머니의 매서운 성품을 미리 들은 아내는 만남 그 자체를 두려워했다. 하지만 절을 받으신 할머니는 환한 웃음과 함께 꼬깃꼬깃 접은 5백 원권 지폐 한 장을 꺼내 아내의 손에 쥐어 주셨다. 분이나 사다 바르라면서……. 감격한 아내는 45년이 지난 지금까지도 그 돈을 간직하고 있다.

　표준어냐 사투리냐의 차이가 있을 뿐 할머니와 할매는 같은 뜻이다. 하지만 둘 사이에는 같은 것 같으면서도 미묘한 차이가 있다. 할머니가 도시의 세련됨과 서늘한 분위기를 풍긴다면, 할매는 투박하긴 하지만 친근함과 따뜻한 느낌을 준다.
　어느새 할아버지와 할머니가 된 지금, 내 손자 손녀의 눈에 비친 나와 아내는 할아버지 할머니일까, 아니면 할배 할매일까.

할아버지가 쓴 육아 수필

/

## 마침표를 찍으며

/


원고지의 마지막 문장 끝에 마침표를 찍은 후, 무거운 짐을 내려놓듯이 붓을 놓습니다. 그러고는 처음부터 다시 읽어 봅니다. 그런데 책장마다 보일락 말락 숨어 있는 것은 욕심이었습니다.

성실하고 근면해라, 최선을 다해라, 사랑하고 사랑받는 사람이 되라, 꿈은 클수록 좋다, 혹은 이런 사람이 되었으면, 또는 그런 사람이 되었으면 좋겠다. 등등, 바라는 것도 참 많습니다.

기대한다고 해서 다 이루어지는 것은 아닙니다. 그걸 알면서도 욕심을 부린 것이지요. 하지만 그 모두가 할아버지표 착한 욕심일 뿐이었습니다.


마침표는 한 이야기의 끝이자 다른 이야기의 시작입니다. 이제 나의 새로운 시작은 손녀 손자가 꿈을 이루어 가는 과정을 가만히 지켜보는 일이 될 것입니다.